Nos vies désaccordées

Du même auteur
aux Éditions J'ai lu

LES HEURES SILENCIEUSES
N° 9857

GAËLLE

JOSSE

Nos vies désaccordées

ROMAN

J'AI LU

Tu ne fais pas plus de cas des délices éternelles ?
Cette malheureuse, épuisée et affligée,
qui gît sans force sur tes genoux,
serait donc tout pour toi ?
Rien d'autre ne te paraît sublime ?

Brünnhilde dans *La Walkyrie*, Richard WAGNER

C'est un point de rouille
l'érosion de la certitude
et l'évidence qu'il faudra laisser la peau
aux mouvements inconnus.

Le silence en soi un galet, Valérie SCHLÉE

I

À l'heure dite, je suis venu chercher les clés. Je n'avais pas changé d'avis, c'était l'essentiel, mais en laissant derrière moi cette agence immobilière assoupie dans son décor de publicités champêtres, j'ai dû m'arrêter quelques instants. Vertige.

Devant mes yeux, les passants, les terrasses des cafés et les affiches des cinémas se sont rejoints en une valse lente, et le mouvement s'est accéléré. Je me suis assis à la table la plus proche. La valse a ralenti.

Je dois dire que depuis quelques mois, ma vie ressemble à un manège dont les nacelles, figées entre ciel et terre, auraient perdu tout espoir d'en redescendre un jour.

Il est vrai que de Carnegie Hall à Paris, et de Paris à cette bergerie perdue des Pyrénées, tout est allé vite. Pas assez à mon goût, mais le fait est là : me voici arrivé à un embranchement imprévu.

Imprévu ? Allons, pas totalement, soyons honnêtes. Il serait d'ailleurs temps de repenser un peu à ce qui m'arrive. D'autant que maintenant les choses ne font que commencer.

Depuis que Bogovski, mon agent, a lancé un site Internet à ma gloire, je reçois chaque jour une quantité impressionnante de messages. Je ne vais certes pas m'en plaindre. Le contact avec le public, c'est important, et je suis comme tout le monde, sensible aux témoignages d'admiration et de sympathie. J'en suis même étonné, et toujours ému. Sait-on réellement ce que l'on donne ? Mais il faut répondre et je me montre là très maladroit.

J'ai du mal à trouver la juste distance entre la réponse polie, convenue, décevante pour celui qui a pris la peine de m'écrire, qui a peut-être longtemps hésité à le faire, et celle qui m'entraînerait à confier à un ou une inconnue des propos trop personnels qui ne lui sont pas réellement destinés, simplement parce que le message reçu me tend son miroir.

En fin de compte, cet exercice ne m'amuse pas beaucoup. C'est ainsi. Tout ce que j'ai à dire se trouve dans mes enregistrements.

C'était il y a deux mois, trois mois, ou davantage, je ne sais plus. J'ai reçu ce message :

« Bonsoir Monsieur Vallier,
Je visite souvent votre site et je me permets aujourd'hui de venir vous y témoigner ma reconnaissance. Grâce à vous, la musique fait partie de ma vie et je tenais à vous le dire. J'espère avoir la chance de vous entendre un jour en concert.
Bien sincèrement,
Philippe Margeret »

Jusque-là, rien que de très classique. La bombe a explosé un peu plus loin.

« P.-S. : La façon dont j'ai découvert vos enregistrements vous surprendra peut-être : je suis infirmier psychiatrique à Valmezan dans les Hautes-Pyrénées et l'une de nos jeunes patientes écoute vos CD à longueur de journée, ceux de Schumann en particulier, et j'ai eu envie de les acheter. »

Le moins que l'on puisse dire, c'est que j'ai effectivement été surpris. Abasourdi, tétanisé, devrais-je dire. Trois ans que j'attendais cette information. Que je l'espérais, ou la redoutais. Comment savoir, maintenant ? Pendant un temps infini, j'ai fixé l'ordinateur et le texte affiché à l'écran, sans bouger. Puis j'ai répondu quelques lignes banales, « très touché merci... », et j'ai supprimé le message. Retour à la page d'accueil, quitter, fermer la session, éteindre. Transpercé, la gorge sèche, j'ai continué à scruter l'écran noir.

Sophie.

Sophie était donc chez les dingues, dans un lieu dont j'ignorais jusqu'à l'existence, et c'était là-bas que je devais aller la chercher. Orphée avait retrouvé et perdu son Eurydice, mais un homme averti en vaut deux, paraît-il. L'occasion m'était offerte de vérifier la justesse de cette affirmation et, arrivé aux Enfers, il resterait à éviter l'erreur fatale. En tout cas, c'était bien mon intention.

Je revenais d'une longue tournée aux États-Unis : Boston, Philadelphie, Cleveland, Chicago, et New York, Carnegie Hall, pour terminer. Épuisé et euphorique. Encore hébété par un décalage horaire mal résorbé, il me sembla qu'à l'instant même, la brume qui m'enveloppait de béatitude flottante se déchirait, me projetant sans ménagement dans un réel corrosif.

La nuit était descendue en assombrissant la pièce sans que je m'en aperçoive. Cristina est arrivée, dans son habituel ferraillement de bracelets, de bagues et de colliers. Elle a sursauté en découvrant ma présence immobile dans le noir, puis elle a allumé, et les choses ont retrouvé leurs contours familiers, comme au sortir d'un mauvais rêve. Non, je ne tenais pas à dîner dehors.

Elle a levé un sourcil, puis m'a regardé avec affolement en m'entendant laisser un message sur le répondeur de Bogovski pour annuler le concert du surlendemain salle Pleyel, pourtant attendu comme une céleste apparition par quelques milliers de mélomanes distingués. J'exagère un peu, je sais, mais quand même : billetterie dévalisée dès les premières heures, programme exigeant, interviews multiples, critiques musicaux aux aguets, affiches sur les colonnes Morris. Le genre de soirée où il vaut mieux être en forme.

Je me suis enfermé dans un silence compact, infranchissable, assommé par la déflagration qui venait de se produire. La nuit fut brève, confuse, assiégée par trop d'images. J'ai pris la route avant le jour.

Neuf cents kilomètres depuis la rue de la Jussienne. Un raid ponctué par les panneaux kilométriques, le prix des carburants, l'état du trafic autoroutier sur 107.7, les tasses blanches sur leur fond bleu et les couverts posés en croix comme les deux tibias sur le drapeau des pirates. Les cahutes de péage, « bonjour merci bonne route », ne pas faire tomber le reçu. Des éoliennes, comme des mâts sans voiles dressés au milieu des champs, des villages assis dans leurs ocres. Du café brûlé amer et des sandwiches triangulaires sous leur emballage plastique, les miroirs des toilettes où j'évite mon reflet. Eau fraîche sur le visage. Dormir un quart d'heure. Repartir. Les chevaux alezans dans les prés verts, les vaches désœuvrées le long des haies, les balles de paille comme des bouchons géants posés sur les chaumes, les arbres solitaires, bras ouverts sous le soleil. Le claquement sec des moustiques qui s'écrasent sur le pare-brise et s'étalent en longues coulées blanchâtres. Les faces rondes et étoilées des tournesols par milliers. Tout, tout ensemble réel et lointain, embrassé du regard et sitôt oublié.

Ignorer les messages de Cristina qui se sédimentent sur mon téléphone portable. Cristina. Cristina Bressani. Il faudra bientôt solder trois années de lâcheté. Plus tard. Comme la plupart des hommes, je suis monotâche. Séquentiel. Binaire.

Je ne savais pas ce qui m'attendait à Valmezan. En général, trois années d'hôpital psychiatrique n'arrangent personne. Mais la question n'était pas là. J'allais revoir Sophie, et en quelques instants, mon univers s'était resserré sur cette unique perspective.

Sophie. Valmezan. Asile.

Asile. Sophie. Schumann. Et merde.

Le lit ouvert, la fenêtre ouverte. Elle, endormie. La vie légère comme une hirondelle, parfois. Il descend en évitant une marche qui grince, s'assied, étend les mains sur le clavier, un allegro vivace dans la tête. Attend. Le silence est déjà plein.

II

Je suis arrivé à Valmezan vers sept heures du soir. La belle heure en été. Le temps d'hésiter entre l'hôtel des Pyrénées et celui de la Gare, de tester un système de douche préhistorique, d'exiler sur une chaise un couvre-pieds en polyester fleuri, et je suis allé marcher. Au-dessus de moi, les montagnes dans leur violence immobile, écrasantes et acérées. J'étais noué. Dos, jambes, épaules et nuque raides, la trace du volant incrustée dans les paumes.

Je haïssais la campagne, et cette longue traversée autoroutière avait eu tout le temps de me le rappeler. La vraie campagne, j'entends, pas celle que tout le monde aime, la Toscane ou le Luberon, entre piscines, chianti, cigales et huile d'olive. Je parle de la campagne sinistre d'octobre à mai, plate et nue, ombreuse et détrempée, là où les arbres déplient leurs capillaires sur des ciels blancs, de la campagne grise avec ses vaches boueuses et ses bâtiments d'élevage, de ces lieux où l'on attend le printemps comme une délivrance, et un miracle dont on doute, chaque année, du retour.

Je me suis souvenu de cet accablement qui me saisissait, enfant, au retour de l'école, sitôt descendu du car scolaire s'arrêtant à une énigmatique Croisée des Chemins et m'y reprenant chaque matin, dans le vent et la pluie. C'est ainsi, entre les interstices des souvenirs, que se faufilent quantités d'images désordonnées, échappées de la mémoire, comme un arrière-plan incertain qui s'éclaire peu à peu et dont on préférerait parfois qu'il reste dans l'ombre.

Pourtant, en y songeant, peut-être devrais-je rendre justice à ces temps-là, car mon ardeur et ma détermination à maîtriser le clavier se mesurent certainement à cette hâte, très tôt éprouvée, de fuir ce village sans grâce où j'ai grandi.

Aujourd'hui encore, je réalise combien ces terres ingrates me sont pénibles à traverser. Ce sont des terres où pendant des siècles les hommes se sont pendus de désespoir dans des granges sombres comme des ventres, et où les femmes, vaincues par l'épuisement, les grossesses sans fin et l'absence d'amour, ont un jour préféré le creux d'un puits ou d'un étang.

Du jour où j'ai pu vivre ailleurs, j'ai choisi des lieux où la vie ne s'arrête jamais, rassuré par la disponibilité, l'abondance des êtres et des choses, par l'illusion des innombrables possibles à portée de main, et par l'irremplaçable liberté de l'anonymat.

La gérante de l'hôtel m'avait conseillé de ne pas tarder si je voulais dîner. « C'est lundi, vous savez. Il y a moins de facilités qu'en semaine. »

J'appris donc qu'ici, le lundi n'était pas un jour de la semaine.

J'avisai une crêperie-pizzeria-salades-café-wi-fi, La Tosca. Une référence lyrique un peu incongrue dans ce décor montagnard, mais pourquoi pas. *Tosca*, c'est aussi la tristesse, en russe. Un des rares mots que je connaisse dans cette langue que je me suis promis d'apprendre un jour. On retient parfois des choses étranges.

La pizza quattro stagione s'était montrée à la hauteur de toutes les quattro stagione du monde occidental. J'avais posé mon ordinateur portable sur la nappe en papier et commencé mes recherches. Le plan de la ville et l'emplacement de la clinique psychiatrique, l'adresse et la localisation de Philippe Margeret. Il ne pouvait pas deviner quelle surprise l'attendait. Et pour moi, ce serait quitte ou double. Je tenais mon cheval de Troie, pas question de le laisser s'échapper. Surtout, ne pas l'affoler.

Il habitait un pavillon à la sortie du bourg, et une Cécile vivait à la même adresse. J'avais commandé un cognac pour tenter de dissoudre la pizza et cherché à décourager les tentatives de conversation de la serveuse, sanglée dans un jean délavé, queue-de-cheval agitée posée haut sur le crâne. Non, je ne suis pas d'ici. Oui, de passage. Non, je ne sais pas encore pour combien de temps. Oui, de Paris, on ne peut rien vous cacher. Oui, à bientôt certainement.

Mieux valait ne pas trop réfléchir, ne pas laisser l'angoisse s'installer et me fixer à cette table comme un scarabée épinglé sur une planche. Je suis remonté en voiture et j'ai poursuivi mon repérage jusqu'à la clinique. Malgré la fatigue, j'espérais qu'elle serait encore loin d'ici, que je me perdrais sur des routes qu'aucune carte ne mentionne, et que la nuit tomberait en me contraignant à cesser mes recherches. Il n'en fut rien. Arrivé sur place, à travers une grille en fer forgé surmontée de pointes aiguës probablement vouées à l'empalement des fugitifs, ou des téméraires, je devinais un corps de bâtiment en brique rouge en haut d'une allée d'arbres.

Deux ailes symétriques se répondaient autour d'un pavillon central, avec perron en pierre et double volée de marches. L'ensemble évoquait un dix-neuvième finissant, Charcot et ses hystériques aux yeux révulsés, maintenues par des infirmiers aux allures de gardiens de bestiaux, ou brancardées sur de sommaires charrettes en bois, les blouses blanches barbues à monocle, les bains froids et les électrochocs. Sophie était là-dedans depuis trois ans. Sophie. Épiphanie et Orient de mon désir.

Mon téléphone affichait une série de messages de Bogovski. Je l'imaginais affolé et transpirant, appelant tous ceux qui m'avaient croisé au cours de ces six derniers mois. « Que se passe-t-il avec François ? Ça ne lui ressemble pas. » Il avait dû appeler Cristina et échafauder avec elle nombre d'hypothèses baroques. Les autres messages venaient de Cristina. J'ai supprimé l'ensemble sans rien écouter.

Depuis moins de vingt-quatre heures, Valmezan était devenu l'épicentre de mon existence et l'œil de tous les cyclones à venir.

C'était injuste pour Cristina, mais je n'y pouvais plus rien. Cristina, splendeur et féerie. Tout avait commencé à Amalfi, au festival d'été. J'y donnais un récital et des master classes à de jeunes pianistes en attente fébrile de *transmission* de ma part. Cristina était venue me voir après le concert avec sa sœur Laura, chez qui elle se trouvait en vacances. Laura était propriétaire d'une grande villa blanche dans les pins, au-dessus de la mer, et travaillait à l'organisation du festival.

Je reprenais mes esprits après des Rachmaninov haletants, suivis d'une *Appassionata* enflammée. Trop lourd, trop grave pour un même programme, je sais. J'aurais dû jouer autre chose en première partie, il n'est jamais indispensable d'assommer le public, ni de transformer chaque concert en événement sportif.

À la fin du récital, dans la sacristie qui tenait lieu de loge, j'ai soudain fait face à un saisissant ensemble de cheveux, de seins, de dents, de lèvres, de mains, de hanches.

Cristina vivait entre Paris et Milan pour son travail, elle m'avait entendu à Paris l'an passé et se montrait *charmée* de m'entendre à nouveau. C'est sa sœur qui lui avait un jour parlé de moi. Elle appréciait quant à elle la musique sans s'y connaître vraiment, de son propre aveu. Mais dans ce cadre, c'était *autre chose*, avait-elle dit. Était-ce en français ou en italien, je ne sais plus. Elle passait d'une langue à l'autre, ou plus exactement semblait parler les deux en même temps. Son parfum, mêlé de transpiration, avait envahi l'espace. Je remarquais de longs pendants d'oreilles emmêlés dans une masse de boucles blond vénitien, et des jambes hâlées posées sur des talons d'une hauteur déraisonnable. Stimuli primaires certes, mais efficaces.

Il ne restait dans la sacristie que le dernier carré de fidèles ; quelqu'un a suggéré d'aller dîner chez Augusto, la meilleure osteria de la ville. Laura était invitée d'office au titre de l'organisation du festival. Cristina a suivi. Trois mois plus tard, je faisais transporter mon Steinway chez elle, rue de la Jussienne.

J'avais rendu les clés de mon appartement de la rue Lagrange, emballé mes partitions, mes livres et mes tableaux, entassé quelques caisses dans un garde-meubles. Cristina faisait preuve d'une sensualité inventive et exigeante, affichant une gaieté et une confiance en elle qui, chaque jour, continuaient à me stupéfier. Jamais je n'aurais cru cela possible, à ce point, chez un être humain. Pour autant que je puisse être certain, elle semblait jouir dans mes bras à une fréquence et une intensité élevées.

Quand ses amis passaient dîner à l'improviste, j'étais prié de me mettre au piano pour jouer, dolce amoroso, nocturnes et autres pièces de ce genre, trop frêles pour l'arène du concert, et d'ouvrir les bouteilles de lacrima christi. Pour tout dire, ce programme me convenait assez bien.

Avec elle comme avec tant d'autres, je m'étais laissé faire. Lorsque j'y songe, il me semble qu'en général, les choses se passaient ainsi avec les femmes qui traversaient ma vie. Je me contentais de distendre le lien lorsqu'il devenait contraignant. Je détestais les relations compliquées, les habitudes, les installations insidieuses, avec les tubes de rouge à lèvres glissés dans l'armoire de toilette et les collants roulés en boule abandonnés dans la salle de bains. Ma vie nomade me permettait d'échapper à tout cela, j'avais assez à faire avec la musique.

Malheur à celle qui s'aventurait, innocente ou non, au-delà d'une ligne invisible que je considérais comme tacitement acceptée, et dont le franchissement scellait aussitôt son sort. À dire vrai, je ne rompais presque jamais. Je me montrais évasif, lointain, injoignable, occupé. Très occupé. Je laissais à l'autre le soin de prendre la décision que lui dictait son amour-propre, ou sa colère, ou sa déception. Quand j'y songe, je me dis que je n'aimerais pas trop rencontrer un type comme moi.

Mes liaisons successives duraient peu. Elles s'achevaient le plus souvent lorsque mes partenaires réalisaient que l'artiste ovationné sur scène, saluant son public avec modestie, capable du plus délicat pianissimo, aussi impalpable que le dernier souffle de Mélisande, comme de la plus assourdissante des tempêtes, se montrait beaucoup moins subtil dans sa vie privée.

J'avais le goût des étreintes rapides, énergiques et expéditives, menées allegrissimo, de celles qui apportent au plus vite la satisfaction d'un besoin irrépressible. Je détestais les langueurs, les esquives, les dérobades et, par-dessus tout, les discours et commentaires postcoïtaux.

Il m'arrivait de passer la nuit entière au piano, à parfaire un phrasé, un trait, à chercher un équilibre sonore. J'y demeurais sans parler, sans manger ni boire. Au petit matin, si l'heureuse élue ne s'était pas enfuie, elle ne trouvait face à elle qu'un loup affamé, vite repu, aussitôt endormi. Bien plus un marin en bordée, hagard après six mois de mer, qu'un esprit raffiné désireux d'explorer avec elle les méandres de la carte du Tendre.

Rien de tel avec Sophie. Elle avait fait surgir du plus profond de moi des mondes inexplorés, où tout demeurait à inventer. Ses propres dérives lui avaient donné un regard indulgent sur mes nuits blanches et mes appétits désordonnés. Parfois, son regard laissait affleurer l'empreinte de vies antérieures incandescentes et dangereuses, que je m'efforçais d'apaiser. Elle m'avait apprivoisé sans rien exiger, décuplant sans le savoir un insatiable désir d'elle. Sophie. Ma danse.

Avant elle, je n'avais fait qu'une seule vraie rencontre : le piano. J'avais consacré la majeure partie de mon existence à apprivoiser le clavier et réduire la performance technique à un simple préalable. C'est à ce prix, me semble-t-il, que l'on peut espérer devenir un musicien, et pas seulement un acrobate.

Vit-on ailleurs qu'en exil ?

Trop de divertissement. Pas assez de bonheur. Elle disait cela, parfois. Désirance d'un instant parfait avant la chute. Son rêve est celui d'un espace transparent et clos pour y abriter le souvenir des caresses.

Le cercle des fées s'est brisé. Le cadran solaire s'est couvert de cendres.

Que murmurent les lettres effacées ?

Toutes blessent, la dernière tue.

Quelle est cette autre voix, à l'ombre du murmure ? Toutes blessent. L'une frappe au cœur, la dernière éteint toutes les larmes.

III

Je m'étais garé en face du domicile de Philippe Margeret, comme dans les plus accablantes séries policières, et j'avais attendu par cette fin de nuit glaciale les premiers signes de vie de la maison. Les genoux dans le volant, je grelottais. Un peu avant huit heures, deux garçons bruns d'une douzaine d'années sont sortis à vélo, côte à côte ; je les ai regardés disparaître au bout de la rue. Puis mon regard s'est à nouveau concentré sur le portail en bois sombre, encadré de trémières pourpres, sentinelles indécises et maigrelettes.

Une jeune femme mince aux cheveux châtains, en pantalon et veste beige – Cécile ? – est sortie un quart d'heure après. Elle est montée dans l'une des deux voitures garées dans l'étroite cour gravillonnée, elle a ouvert et refermé le portail avec une commande à distance, puis elle aussi a disparu.

Transi, je suivais des yeux le lent écoulement des gouttes de buée sur la vitre du côté passager, et commençais à douter de la pertinence de ma méthode : j'avais supposé que Philippe Margeret était chez lui et qu'il finirait par sortir à un moment ou à un autre. Cela me paraissait imparable.

Je me sentais somnolent et fébrile, les nerfs à vif, luttais pour garder les yeux ouverts, sursautais lorsque ma tête s'alourdissait. Le visage de Sophie m'apparaissait dans un demi-sommeil. Sophie. Ma joie. Ma Toison d'or. Non, pas d'erreur, c'est ici que je devais être.

J'ai bondi lorsque j'ai vu une silhouette d'homme, haute et large, monter dans la seconde voiture. J'avais dû m'assoupir. C'était le moment attendu, et je ne savais pas comment m'y prendre. Plus difficile que l'entrée en scène à Carnegie Hall, beaucoup plus. J'ai pris conscience de mes vêtements chiffonnés, de mon visage pas rasé, mais l'heure n'était pas à ces considérations. Je me suis avancé vers le portail ouvert, en m'approchant de la portière d'un air que j'espérais aussi naturel que possible. Il a baissé sa vitre et m'a regardé, interrogateur.

« Vous êtes Philippe Margeret ? Excusez-moi de vous aborder ainsi. Je suis François Vallier. Vous avez envoyé un message sur mon site dimanche soir. Je voudrais vous parler. C'est très important pour moi. S'il vous plaît. Quand vous voudrez. »

Il m'a fixé sans réaction apparente. Les détraqués, ça devait le connaître. Surtout pas de geste brusque, parler calmement. Vigilance. Contrôle. Respiration.

Surpris par sa stature de rugbyman encastrée dans ce modèle réduit de voiture, j'ai reculé d'un pas lorsqu'il en est descendu.

« S'il vous plaît. C'est très important pour moi. » Je n'avais rien d'autre à dire. Le visage que je lui présentais était certes très éloigné des photos de l'artiste élégant et inspiré qui illustrent les boîtiers de mes disques. Je ne savais pas s'il me regardait, me reniflait ou me soupesait. J'avais certes franchi une ligne périlleuse, mais lui aussi, après tout. Pour ce qui est du secret professionnel, son post-scriptum, c'était déontologiquement très discutable. Il ne fallait pas qu'il s'étonne si le boomerang lui revenait en plein visage.

Puis j'ai entendu sa voix. Lente, grave, une voix qui doit calmer les fêlés. « Pas maintenant. Je remplace un collègue ce matin. Après déjeuner si vous voulez. »

Pour un peu, je serais tombé dans ses bras.

« Vous connaissez La Tosca, en face de la poste ? Je peux vous y attendre. Ou ailleurs si vous préférez.

– Non, c'est parfait. Vous devriez aller vous reposer un peu. Vous avez trouvé une chambre ? »

Étrange question. Sollicitude ? Conseil voilé, à peine, de me ressaisir avant d'entendre ce qu'il avait à me dire ? Avais-je à ce point besoin de recouvrer une apparence humaine ? Sans rien ajouter, il est remonté en voiture, me laissant à mes pensées, et le portail s'est refermé derrière lui.

J'ai regagné ma chambre aux murs saumon, avec sa reproduction des *Nymphéas* en face du lit, son écran télé fixé à deux mètres du sol par un bras métallique articulé, ses consignes d'évacuation en cas d'incendie et ses tarifs affichés au dos de la porte.

Je me brûlai sous la douche, m'écorchai en me rasant, cherchai en vain des pansements dans ma trousse de toilette. Dans quelques heures, j'allais savoir, et j'avais peur. Peur d'apprendre que Sophie était définitivement devenue folle, violente, suicidaire, hurlante, ou qu'elle se mutilait atrocement. Peut-être était-elle abrutie de calmants, ou la forçait-on à manger. Comment se reposer avec un tel cortège d'images ? Sophie. Mon vertige. Mon ivresse.

Je suis descendu à La Tosca où la serveuse a virevolté vers moi. Non, pas faim. Oui, je suis encore là. J'attends quelqu'un.

Philippe Margeret a eu la bonté de m'épargner une longue attente. Je me suis levé à sa rencontre et je l'ai remercié maladroitement. Puis il a fallu plonger. « Comment va Sophie ? » Il avait l'habitude des malades mentaux, rien ne devait le surprendre. Il affichait cet air calme, attentif, *à l'écoute,* comme disent les psys. J'ai commandé des bières. « Peut-être faudrait-il que j'en sache un peu plus quand même », a-t-il commencé.

Alors j'ai raconté. Tout. J'ai aussi dit des choses que j'ignorais abriter en moi. Depuis trois ans, j'avais à dire. En quelques phrases, je me suis retrouvé à poil. Puis il s'est mis à parler.

« Elle va aussi bien que possible pour quelqu'un qui n'a pas prononcé un mot depuis son arrivée et qui écoute en boucle vos CD de Schumann. Elle est calme, muette mais calme.

Elle a fait une fois une crise très violente, le jour où son lecteur de CD est tombé en panne. Je lui en ai prêté un et j'ai fait réparer le sien. Tout est rentré dans l'ordre. Ah oui, et elle peint. Elle peint une toile de deux mètres sur deux installée dans sa chambre. Elle la peint en blanc et quand elle a fini, elle la recouvre de noir. Puis de blanc. »

Il s'était arrêté, semblant hésiter en face de mon silence, puis il a continué.

« Mais vous savez qu'elle est en hospitalisation libre, maintenant, je suppose ? Après les soins… d'urgence à Paris, disons, puis l'internement d'office ici, avec les mesures de mise à l'écart vous concernant, le chef du service psychiatrique a décidé de mettre fin à l'hospitalisation sous contrainte. Il y a de cela plus d'un an, et elle a choisi de rester. »

J'ai dit que je voulais la voir.

« Cela dépend d'elle en principe, mais ce n'est pas si simple. Le risque d'un choc violent est élevé, avec des conséquences imprévisibles. Il faudra l'avis des psychiatres qui la suivent. »

Hospitalisation libre. Comme dans *Vol au-dessus d'un nid de coucou*, quand Jack Nicholson réalise que tous les timbrés sont là de leur plein gré ? Je m'étais dit qu'il fallait être vraiment dérangé pour rester là sans y être contraint. Ou terrifié. Interdit. Foudroyé.

Je m'efforçais d'intégrer l'information. Je commençais tout juste à comprendre que j'avais fait un premier pas en terres étrangères et que les choses ne seraient pas simples. Je m'en étais douté, mais à l'instant même, j'en éprouvais une réalité aussi palpable que les verres posés devant nous ou les carreaux de la chemise de Philippe Margeret.

« Vous allez rencontrer le docteur Ramic, le chef du service psychiatrique. Demandez un rendez-vous. Soyez sincère, inutile d'en faire trop avec votre culpabilité ou vos remords. La malade, c'est elle. Et bien sûr, nous ne sommes pas supposés nous être déjà rencontrés. »

Il s'est levé. « Ne me remerciez pas. Après ce que vous avez fait, je ne sais pas si j'ai raison de vous faire confiance, mais je crois que vous êtes le seul à pouvoir l'aider. Si je suis venu, c'est pour elle, c'est tout. »

Le message était brutal, mais clair, et il faudrait bientôt affronter le commandant en chef de cette nef des fous. Autant faire vite. J'ai appelé pour demander un rendez-vous.

À ma grande surprise, Ramic a accepté de me recevoir rapidement. Alors que je traversais le hall de l'hôtel pour me rendre à la clinique, la gérante m'a retenu entre deux bacs de plantes vertes. Elle voulait connaître la durée de mon séjour. Le Salon de la randonnée en montagne ouvrait prochainement ses portes et les hôtels affichaient complet à cette occasion. Des clients plus intéressants que moi, avec leurs repas en demi-pension et leurs consommations au bar.

Ma chambre serait-elle disponible ? Il lui semblait inconcevable qu'on ne puisse savoir ce qu'on ferait dans deux, trois, quatre semaines. J'étais bien de cet avis, mais je commençais à m'accommoder de la situation. Et de toute façon, je me fichais bien du salon des randonneurs comme de tout ce qui n'était pas Sophie.

J'étais décidé à garder cette chambre où j'avais commencé à m'inventer des habitudes. Compter les pétales sur l'affiche aux *Nymphéas*, localiser les fissures sur le mur en crépi saumon, par exemple.

Il faut savoir apprécier cette minuscule et intense satisfaction de situer un amer dans un espace inconnu, de croire un instant que l'on a toujours vécu là, simplement parce qu'en deux jours on est entré trois fois dans le même café. Le serveur vous a reconnu et vous a souhaité une bonne journée. La vie que j'ai menée jusqu'alors m'a appris l'importance de ces moments ; ils aident à oublier la valise ouverte au milieu de la chambre, le billet du vol retour dans la poche intérieure de la veste et le guide touristique jamais ouvert, enfoui sous les chemises pliées.

Au-delà de cette tension qui me privait et de sommeil et d'appétit, je réalisais que depuis des années, je n'avais pas connu de liberté semblable à celle de ces derniers jours.

La musique était devenue un métier, puis une carrière. Je craignais d'avoir perdu la source, la joie. On croit la passion intacte, mais qu'en est-il lorsqu'elle se déplie sur trois ou quatre années d'agenda, entre des aéroports, des chambres d'hôtel, des cocktails, des valises et des taxis, des studios d'enregistrement, des loges et des salles de concert ? Et entre-temps, je travaille. Je déchiffre, je répète, j'analyse, je cherche, je mémorise, je m'exerce encore, encore, pour ensuite oublier tous ces efforts et ne laisser la place qu'à l'émotion, comme si je jouais chaque pièce pour la première fois. Donner un récital, c'est aller chercher chacun, sur chaque note, au fond de son fauteuil. Sinon, à quoi bon tout ce cérémonial compassé ?

Je ne suis pas certain d'avoir rêvé de tout cela. Allons, je ne vais pas faire semblant d'être victime de ma réussite, ni de l'argent qui me donne le luxe de ne pas penser au lendemain. Mais le talent est une chose, la chance en est une autre, et leur rencontre aléatoire. Le succès appelle le succès, et la gloire va à la gloire. Je suis devenu une valeur artistique et économique fiable, un gage de qualité. Les agents, les directeurs de salles et de festivals, les maisons de disques s'appuient sur une poignée de noms qui remplissent les salles. C'est plus une question de chance que de justice, et je me trouve maintenant du bon côté de la rue, c'est tout. Je ne prétends pas faire pleurer, mais il faut des nerfs solides et une bonne santé pour exercer ce métier. Surmonter les décalages horaires et tenir tête aux plateaux-repas des compagnies aériennes, pour commencer. Certains n'y résistent pas, je les comprends, et ce ne sont pas les moins doués.

Possède-t-il une autre passion que la recherche sans fin des équilibres imperceptibles et mouvants, du moment juste et plein, de la parcelle de perfection approchée, de la phrase qui s'accorde à l'âme, de cet instant fugitif où naît l'assentiment intime, insaisissable et réel ?

Il joue, loin des tentations d'abondance et de tiédeur, loin de ce qui encombre le geste.

Ce qui le tient éveillé, c'est de sculpter la douceur, la compassion et la fièvre, la légèreté, la force et les larmes ; c'est d'ouvrir une fenêtre dans le mur aveugle des jours pour accueillir le feu, sans demeure autre que le clavier. L'alternance du noir et du blanc contient le monde.

La grâce échappe au vouloir, dans l'instant impalpable entre soi et ce qu'on ne peut nommer.

À l'instinct, il a ajouté la maîtrise. À l'éblouissement sonore, il rappelle la règleþ; à la fulgurance de l'élan, il offre les colonnes du temple. Répondre à quelque chose qui exige, jusqu'à l'ultime résonance.

Un jour, la note juste.

IV

J'ai donc rencontré le docteur Ramic. Il m'a reçu dans son bureau, acier et verre dépoli, à ma grande surprise dénué des boiseries sombres et des bocaux de fœtus conservés dans le formol que j'avais imaginés.

Il m'a interrogé avec froideur, pendant un temps infini, en revenant toujours aux mêmes questions. Il paraît que c'est une technique policière qui consiste à attendre le moment où le suspect va relâcher sa vigilance et se contredire. J'ai raconté mon histoire, celle de Sophie, la nôtre.

Ce qui le perturbait, c'était la façon dont j'avais appris la présence de Sophie – Mademoiselle Laroche – dans son établissement. J'évoquais une enquête personnelle, des intuitions, des recoupements. Je me sentais aussi transparent que la plaque de verre de son bureau.

« Mademoiselle Laroche n'a pas de contact avec l'extérieur, elle ne reçoit ni visites ni courrier. Le montant de sa pension est prélevé chaque mois sur son compte. »

Sous sa blouse blanche ouverte, Ramic portait un costume de lin crème à peine froissé, avec une cravate délicatement rayée de beige et de rose pâle. Un revers cassant sur des chaussures anglaises et des chaussettes assorties. Une élégance irréprochable, qui me remplissait d'une admiration vaguement envieuse, et assez agacée pour tout dire.

En dehors de mes costumes sombres et de leurs chemises blanches, devenus avec le temps ma tenue de camouflage auprès de la laque noire des pianos, je n'éprouvais aucun intérêt pour les questions vestimentaires. Cristina avait rempli mes étagères d'une invraisemblable quantité de polos parme, pivoine ou anis, à assortir avec des pantalons de toile blanche et des mocassins en daim. Je m'habillais parfois ainsi pour lui être agréable, avant de retrouver, dès qu'elle s'envolait pour Milan, mes jeans fatigués, mes tee-shirts blancs ou noirs et mes chemisettes bleu clair, qu'elle exécrait tout particulièrement.

Ramic m'en imposait, bien qu'il eût été très inopportun d'approfondir un tel sujet, mais cette aisance hautaine, cette assurance distraite me renvoyaient brutalement au dernier rang de la classe au collège, et je me revoyais alors, transpirant dans les pulls à col roulé orange ou bleu canard que ma mère achetait à mon intention dans les bacs de fins de soldes, puisque de toute évidence je ne méritais guère mieux.

Je n'aimais pas sa façon de s'exprimer, administrative, distanciée, précautionneuse. Peu importe, il fallait le convaincre. Je prêtais à Sophie un attachement particulier à la région, et j'inventais à l'instant même d'inoubliables vacances ici avec elle. J'ajoutais, en serrant les mâchoires, qu'il était légitime que sa famille ait cherché à l'installer dans un tel lieu pour l'aider à guérir. Je craignais un chantage, un marché. L'accès à Sophie en échange de la vérité. Mon histoire ne tenait pas la route une minute. Foutaises. Mais je n'avais aucune version de remplacement.

Sophie avait été installée ici en hospitalisation à la demande d'un tiers – j'avais ainsi appris l'expression consacrée – après son séjour en soins psychiatriques d'urgence à Paris. C'est son frère, Guillaume, qui avait pris la décision de cet internement. Mon départ soudain, à ce moment-là, lui avait laissé le champ libre. Je n'avais pas envisagé de telles conséquences, aussi rapides et aussi définitives pour moi. Je n'avais pas imaginé, non plus, que l'être dont on partage la vie puisse vous être enlevé ainsi. Il me restait beaucoup à apprendre.

À plusieurs reprises, un projet de tournée au Japon avait été annulé et reporté, et j'avais cette fois-ci la possibilité de jouer dans la plupart des grandes villes de l'archipel. Les concerts devaient être enregistrés pour un coffret de CD *historiques*. Le London Symphony Orchestra et son chef m'attendaient sur place.

Je ne me cherche pas d'excuses. En revivant les circonstances de ce départ aberrant, je crois que le nombre de personnes, d'artistes et d'organisateurs engagés dans ce projet, la somme d'énergies investies là depuis si longtemps ont eu raison de mes atermoiements. Peur de décevoir, peur d'arrêter une gigantesque machine dont j'étais le rouage principal. Mais pour être franc, je crois que j'avais plus peur encore de rester à Paris.

En rentrant, j'avais perdu toute trace de Sophie. Peut-être ne l'avais-je pas volé, après tout. Comment faire confiance à un type qui s'envole au bout du monde au moment où l'on a vraiment besoin de lui ? J'avais choisi de partir en tournée en préférant croire que les choses allaient s'arranger et en évitant de faire face à ce qui m'était impossible d'accepter, l'effondrement de la seule femme que j'aie aimée. Trop aimée pour admettre qu'elle ne pourrait plus jamais être la même. Trop aimée pour admettre que depuis toujours, elle avançait sur un fil tendu au-dessus de ses abîmes.

Ce départ précipité fut un choix simplement désastreux. Je m'y étais cru autorisé par une rapide et trompeuse amélioration de son état, et par ses mots d'encouragement à ne rien changer à mes projets. J'ai réalisé ensuite qu'on entend uniquement ce qui nous convient ou nous rassure.

J'aurais dû trouver inquiétants son regard lointain et son sourire trop doux, mais on ne comprend ces choses-là que trop tard. J'ai payé cette décision au centuple.

À mon retour, Sophie avait quitté l'hôpital parisien, elle était partie pour une destination inconnue. Une décision de justice signifiait, dans son intérêt, ma mise à l'écart et l'interdiction de tout contact avec elle. Bien entendu, l'hôpital avait reçu l'instruction de ne rien me communiquer, ni de rien transmettre à Sophie de ma part. Je réalisais aussi que sa ligne téléphonique ne répondait plus.

Je me voyais marqué au fer rouge par un constat d'abandon dans une situation de détresse, qualifié d'acte de cruauté mentale envers une personne fragile, et de flagrante démonstration d'irresponsabilité.

Bien sûr, je m'étais battu, comme on dit, pour obtenir la remise en cause de cette décision judiciaire, mais les faits étaient contre moi, flagrants, incontestables. J'avais harcelé une armée d'avocats qui avaient fini par baisser les bras et par se lasser, tant d'une cause perdue que d'un client odieux et déraisonnable. J'avais employé à grands frais les services d'officines douteuses, de celles qui traquent l'infidélité en exhibant les preuves attendues au moyen de mauvaises photos. Je les insultais au téléphone devant l'absence totale de résultats. Pour peu qu'on me promette des miracles en faisant semblant d'y croire, j'étais prêt à tout. Je suppose que c'est là une attitude pitoyable, mais je ne savais que faire avec le vide et le silence qui s'étaient installés dans ma vie.

J'avais remué ciel et terre à la recherche de tous les indices possibles. Dans ce corps à corps avec l'absence, j'avais éprouvé l'abattement, l'épuisement, le dégoût, le désespoir, la révolte, le désir de ne plus me réveiller. Mais si Sophie avait un jour besoin de moi ? Admettre que pour son bien je doive m'effacer de sa vie me fut intolérable, et ce renoncement fut mon plus terrible apprentissage. Puis le temps avait fini par déposer un voile léger sur les choses, en estompant les angles vifs de la douleur. Bien ou mal, j'avais continué à vivre.

Seul Guillaume avait eu la légitimité d'agir en mon absence. Les parents de Sophie s'étaient tués en voiture une année plus tôt. Avant leur accident, Sophie les voyait peu, chaque visite tournait au drame. Dans un geste de réconciliation, elle les avait une fois invités à l'un de mes concerts, ils avaient trouvé qu'on était mal assis, et la tentative de rapprochement avait tourné court. Sophie ne semblait pas conserver de très heureux souvenirs de son enfance. Nous évitions d'en parler. Je la laissais à ses parts d'ombre, et il me semble qu'elle m'en savait gré.

Son frère. Un publicitaire, le genre d'individu qui tient la communication pour une religion révélée, et la publicité pour la plus haute expression de la pensée contemporaine. J'étais allé le voir pour le supplier de me dire où se trouvait Sophie. En vain. Je m'étais humilié pour rien.

« Tu n'as pas déjà fait assez de mal comme ça ? Comment oses-tu ? Elle n'a aucun besoin d'un lâche de ton espèce ! Dégage ! » Impliqué, le grand frère.

Sophie supportait mal sa vanité inculte, sa façon d'évaluer le décolleté de ses assistantes et d'infliger à autrui les interminables récits de ses exploits sur tous les greens chic de la planète.

Guillaume, quant à lui, considérait Sophie comme une dévoyée, une ratée. *Ma pauvre sœur*. Sa sollicitude sonnait faux, mais lui seul détenait l'information dont j'avais besoin. Et il était bien trop heureux de me voir m'aplatir devant lui pour la quémander.

Ramic a fait semblant de me croire. Peut-être se fichait-il de mes histoires, au fond. Je ne vois pas d'autre explication et je n'en cherche pas non plus.

La décision de justice demeurait effective tant que l'hospitalisation avait lieu sous contrainte. Elle ne m'était donc plus opposable. Si elle le voulait, Sophie pouvait sortir de ce camp retranché. Je jouais là ma dernière chance et Ramic tenait mon sort au bout de ses doigts. Je suppose que j'aurais dû éprouver crainte, respect et gratitude à son égard. En réalité, il m'était totalement antipathique. La seule chose qui m'importait, c'était qu'il juge ma présence auprès de Sophie de nature à améliorer son état et alléger ses angoisses.

Bien sûr, il avait évoqué le risque, non négligeable à ses yeux, de me voir disparaître aussi vite que j'étais apparu. J'avais tenté de le rassurer, évoquant l'annulation de nombreux engagements. De toute façon, je n'avais que ma sincérité à lui offrir. C'était bien peu, j'en conviens, et j'ai pu mesurer dans son regard l'absence définitive d'estime qu'il éprouvait à mon égard.

L'entretien a pris fin. Il allait *faire le point avec son équipe* sur le cas de Mademoiselle Laroche, afin d'évaluer ses réactions à l'idée d'une possible rencontre. Cela pourrait prendre du temps. Il espérait que je n'étais pas trop pressé. Il me contacterait.

L'attente dura. Je me forçai à explorer Valmezan et ses environs, à résister à la tentation de passer mes journées sur le lit, à explorer toutes les nuances des *Nymphéas* ou à déchiffrer les arcanes du fonctionnement du climatiseur.

Dans l'unique librairie de la ville, j'avais trouvé par hasard *Nocturne indien*, un des livres préférés de Sophie. Elle me l'avait offert au début de notre rencontre, comme un gage sacré d'accès à son univers. Sur la page de garde, elle avait écrit quelques mots. « Pour François, qui m'a éveillée. Réveillée. Qui a redonné les sortilèges et terrassé les dragons. Nager en l'onde claire. » Une image soudain m'est revenue en mémoire. Je rentrais un soir après une répétition. Installée dans le canapé, une couverture sur les jambes, elle lisait en m'attendant. Soucieux de ne pas interrompre sa lecture, j'avais posé mes lèvres sur ses cheveux.

C'est ce parfum que je veux retrouver. J'avais repris les sortilèges et j'étais devenu moi-même dragon. Comment avais-je fait pour continuer à vivre ?

Nocturne indien. Ensemble, nous avions vu le film. C'était l'hiver. En sortant du cinéma, il neigeait. Sophie tendait les mains vers le ciel pour attraper les flocons.

Miroirs, images inversées, labyrinthes, impasses.

Coïncidences, visions, énigmes, lettres perdues, rencontres troublantes, fantômes.

La gare de Calcutta, la nuit. Ils sont des milliers à dormir à même le sol, à attendre, à prier. Une mère replace un drap sur le corps de son enfant. Des visages, des regards, des visages. Muets.

Il est seul, une valise à la main, seul, debout dans ce dédale de corps, et personne ne le regarde.

On entend l'adagio du quintette de Schubert. Des notes d'une douceur infinie frôlent les visages, caressent les corps endormis.

Elle lui a dit qu'elle aimerait mourir en écoutant cette musique.

V

En dépit de sa magnificence, le paysage me laissait indifférent. Le temps s'étirait en un ruban pâle, poisseux. La douceur du soir, la fraîcheur à l'ombre des marronniers, rien ne me touchait. J'aurais voulu Sophie à mes côtés, poser ma veste sur ses épaules et aller dîner avec elle en terrasse, glisser ma main dans la sienne et lui murmurer *on y va ?* sitôt le dessert avalé, impatient du clos d'une chambre et des scènes ardentes qui allaient s'y jouer. Envie d'elle, toujours. Curieusement, mon Steinway ne me manquait pas. Ici, je ne *jouais* pas. Je n'osais pas m'éloigner du périmètre de la clinique pour arriver au plus vite en cas d'appel. Je n'envisageais pas une fin de non-recevoir et préférais ne pas me poser la question.

J'appelais Philippe au téléphone plusieurs fois par jour, il se montrait à la fois amical et réservé, paraissant s'imposer une distance que, par moments, je le soupçonnais de vouloir abolir. Il était exclu de nous rencontrer, en ville ou chez lui. Il prenait part à mon travail d'approche auprès de Sophie, je comprenais aussi qu'il en avait une conception personnelle, assez éloignée des théories psychiatriques de Ramic et de ses affidés. Je découvrais la réelle affection qu'il éprouvait pour Sophie et je comprenais aussi qu'elle lui faisait confiance. J'espérais. Cela occupait mes journées.

Je ne m'ennuyais pas, l'ennui réside dans une absence d'attente, de tension, de désir. C'était loin d'être mon cas. Je vivais dans la seule impatience d'un lendemain supportable. Toutes les trois ou quatre minutes, je sortais mon téléphone de ma poche, croyant en avoir perçu la sonnerie, pourtant réglée au plus fort. Les doigts tremblants, je le replaçais avant de le ressortir quelques minutes plus tard pour vérifier le relevé des appels ou composer le numéro du répondeur.

Je commence à comprendre pourquoi les hommes s'agitent tant au cours de leur passage sur terre. L'air chasse les pensées, les souvenirs. *Votre cerveau pense que ce message est indésirable*. Le souvenir de Sophie avait été indésirable et j'avais tenté de l'éloigner de mon champ de conscience. Je l'avais cherchée, éperdument, en revenant de cette tournée qui m'avait permis de me comporter en parfait déserteur. Peine perdue. Nos amis communs ne savaient rien, elle semblait s'être évaporée de la surface de la terre, comme une goutte de pluie séchée par le vent.

Trois années s'étaient écoulées, et j'en prenais conscience aujourd'hui. Sophie, comme une écharde aperçue en transparence sous la peau et dont le moindre effleurement arrache une grimace. J'avais fini par me protéger des effleurements.

Avec le temps, je ne parviens toujours pas à m'expliquer comment j'ai pu me décider à partir en un tel moment. C'est pourtant ce que j'ai fait.

Pendant ces années, j'ai eu l'impression de marcher sur une planche jetée en travers d'un précipice, ne gardant l'équilibre que pour courir d'un concert à l'autre, et oublier, dans ces heures suspendues, la honte, la peine et le remords.

Comment imaginer que son propre frère l'avait enterrée vivante dans cette trop discrète clinique des Pyrénées ? J'avais failli, il fallait en assumer les conséquences, et maintenant, j'avais tout le temps de réécrire l'histoire. Tout le temps aussi de me souvenir des temps d'avant la chute.

Rien ne me prédisposait à rencontrer Sophie. C'est souvent ainsi, semble-t-il. J'avais un jour accompagné Sandro Baldi, le virtuose italien, chez son luthier. Nous avions le projet d'enregistrer les sonates de Beethoven pour piano et violon, à la demande de notre maison de disques. Depuis des années, nous nous croisions au cours de nombreux festivals sans avoir eu l'occasion de nous produire ensemble. L'idée nous séduisait, mais il fallait mieux nous connaître, répéter, trouver une inspiration commune, un souffle partagé.

Sandro était de passage à Paris, où il venait régulièrement comme professeur invité au Conservatoire, nous avions déjeuné dans une brasserie de l'avenue des Ternes. Il allait ensuite chercher son Guarnerius chez Zev Isaakovitch, le fameux luthier de la rue de Rome. J'étais libre, je lui avais proposé de l'accompagner.

Sandro avait poussé la porte de la boutique. Une odeur de colle, de bois, de vernis, des violons, des violoncelles, des bois ambrés, cuivrés, des bois couleur d'acajou, des présentoirs de partitions, des livres, des méthodes d'apprentissage, des diapasons, des blocs de colophane, des cordes enroulées dans leurs sachets de papier cristal. Concentrée sur l'émission d'un ticket de carte bleue, une très jeune femme se tenait à la caisse en face d'un client. Elle a levé les yeux et vu Sandro. Il y eut un cri, une embrassade, beaucoup de joie. « Tu aurais pu me prévenir. On se voit ce soir ? Demain ? Oui, ton violon est prêt. Zev va t'en parler. Rien de grave. Tu sais que j'expose chez En Seine le mois prochain ? Si. Pour de vrai. Tu viendras ? »

Sandro a attendu une respiration pour ouvrir une brèche dans le flux d'informations, et il m'a présenté Sophie.

Je notai des yeux bleus, sombres, un teint très clair et de courts cheveux noirs en désordre. Sur ses mains, sur le bas des manches de son vêtement, des taches de peinture rouges et blanches. Une silhouette menue, presque adolescente, avec de longs bras souples. Elle m'a salué sans me voir et a poursuivi sa conversation avec Sandro. Je tripotais un modèle d'alto exposé sur une table, ne sachant que faire. Puis Zev est sorti de son atelier. « Oui Sandro, votre Guarnerius va bien. Vous allez pouvoir repartir avec. Venez donc l'essayer. »

Il nous a conduits à son atelier par une porte située au fond du magasin. Sandro touchait, palpait, respirait les violons démembrés, allongés sur l'établi. Sophie sembla alors prendre conscience de ma présence et me demanda subitement si je jouais Schumann. Je m'enferrai dans une réponse idiote et contournée. Oui, enfin un peu, pas beaucoup, affinités, univers complexe, musique de ruptures, bipolaire, très intéressante, mais... Elle m'écouta avec politesse, puis retourna bavarder avec Zev et Sandro. J'avais raté mon entrée.

Sandro prit en main son violon, que Zev lui tendait, l'examina avec attention, l'accorda rapidement. *Merci, docteur*, a-t-il fait en souriant, puis il s'est tourné vers Sophie et a commencé à jouer. Il a attaqué un air russe, lyrique et sentimental, *Les Yeux noirs*, ou quelque chose dans ce genre, tournant autour d'elle dans un pur style de cabaret tzigane, roulant des yeux inspirés, un genou en terre. Sophie l'écoutait, hésitant entre le rire et l'éblouissement.

Sandro, je dois en convenir, était la beauté et l'évidence musicale mêmes, jusque dans ce numéro de cirque. Il ajoutait des trilles, des arpèges, des passages en double corde, des pizzicati, modulait de façon imprévue avant de retrouver la tonalité initiale et semblait s'amuser énormément. Elle ne le quittait pas des yeux, avec une intensité que j'ai rarement perçue dans un regard. Puis il conclut brillamment en levant l'archet dans un geste théâtral, son violon à quelques centimètres des boucles noires de Sophie.

Pourquoi, à cet instant précis, ai-je éprouvé un sentiment de jalousie aussi violent ? Que faire pour être regardé ainsi ? En quelques instants, toutes mes pensées s'étaient réduites à cette question. Tours de cartes, contorsions, assiettes en équilibre, colombes et foulards, je me sentais prêt à tout pour capter son attention. Je la connaissais depuis moins d'une demi-heure et j'avais laissé passer ma chance avec Schumann. Comment revenir dans la course ?

Des clients venaient d'entrer, Sophie nous laissa. Je remarquai sa démarche flottante et gracieuse ; ses bras semblaient lui servir de balancier. Un lémurien.

Sandro a pris congé de Zev en le remerciant, il a embrassé Sophie dans le cou, mimant des gestes de vampire. Seigneur, son rire ! Une envie brutale, sauvage. Ce rire, ces yeux, ces dents, cette peau, ce cou, ces mains. L'enfermer, l'attacher. Jusqu'à ce qu'elle me regarde comme elle avait regardé Sandro. J'ai senti mes mâchoires se crisper, ma déglutition ralentir. Elle m'a salué d'un petit geste de la main, gentil et indifférent. Je suis sorti de la boutique en ayant envie d'étrangler Sandro et de piétiner son instrument.

Nous avons remonté la rue de Rome. Nerveux, je tentai de donner le change. « Dis donc, tu as l'air de bien la connaître, cette fille ? Mais pourquoi elle a les pattes pleines de peinture ? Elle est bizarre, non ? »

Sandro était de bonne humeur. Il avait récupéré son Guarnerius et vu Sophie. Plus qu'il n'en faut pour illuminer la journée d'un simple mortel. J'appris que Sophie était peintre. Vrai talent, caractère imprévisible. Ombrageuse. Rebelle. Fragile. Il l'avait rencontrée chez des amis, elle squattait chez les uns et les autres. Fâchée avec sa famille. Pas un sou. Il lui avait acheté plusieurs toiles, l'avait aidée à exposer, lui avait présenté du monde et trouvé ce travail chez Zev. Elle s'y rendait trois jours par semaine, accueil, téléphone, vente, un peu de paperasse, coup de balai et rangement de l'atelier.

« Elle va bien aujourd'hui, m'avait-il dit. Elle ne touche plus à rien et s'alimente normalement. » J'en concluais que ça n'avait pas été toujours le cas, mais je n'avais pas envie d'en savoir davantage.

« Et tu couches un peu avec, je suppose ? » Je n'avais pas pu m'en empêcher. La seule question qui m'importait, celle du mâle conquérant et obtus pour qui tout se résume à une rencontre plus ou moins horizontale. Je ne sais pas pourquoi la vie affective et sexuelle d'une espèce de lémurien qui m'avait à peine regardé, que je ne connaissais pas une heure plus tôt, m'importait à ce point.

Sandro me regarda d'un air surpris et éclata de rire. « Tu sais, moi, les filles… » Je suppose qu'à cet instant précis, j'ai eu l'air particulièrement idiot.

Nous sommes arrivés à hauteur d'une station de taxis, Sandro a ouvert la portière d'une berline blanche à vitres teintées. « Je te laisse, j'ai rendez-vous ce soir. On pourrait travailler les Beethoven le mois prochain, je reviens pour quelques jours. Si tu es là aussi… Salut François, heureux de ce moment avec toi. » Il a accompagné ces mots d'un clin d'œil qui me mit mal à l'aise, m'imposant une complicité que je n'étais pas encore certain de vouloir partager à ce point. J'esquissai un geste de la main. Le taxi a démarré. J'ai pris quant à moi le métro à Saint-Lazare. Envie de rentrer à la maison, au plus vite. Il était temps que cette journée s'achève.

C'est vrai, j'avais peu joué et peu enregistré Schumann. Pourquoi le lémurien de la rue de Rome m'avait-il abordé d'emblée à ce sujet ? J'avais joué tant d'autres choses. À chaque concert, les rappels à n'en plus finir, les bouquets, les queues interminables pour faire signer un disque, une photo ou un programme, ou simplement dire un mot... Tout cela n'avait pas l'air de l'intéresser beaucoup, mais il est vrai que des célébrités, chez Zev, elle en rencontrait chaque jour ou presque.

Rentré chez moi, je fouillais dans mes CD. Cela me revenait en mémoire, j'avais enregistré quelques années plus tôt des œuvres de jeunesse, les *Variations Abegg* et les *Papillons*. Rien d'exceptionnel, une version acceptable, trop lisse certainement, mais couplée avec des Schubert dont j'étais assez heureux. Le lémurien allait m'entendre dans Schumann. Et moi j'allais la revoir. Je me couchais d'excellente humeur.

Je suis retourné rue de Rome le lendemain. C'est Zev qui m'a accueilli, attentif, affable. Non, Sophie ne travaillait pas à la boutique aujourd'hui. Elle serait là demain. Pouvait-il m'offrir du thé ? Non, elle n'avait pas de téléphone portable. Il lui dirait que j'étais passé, je pouvais venir quand je voulais, je serais toujours le bienvenu.

Le jour d'après, je suis revenu peu avant la fermeture du magasin. Ma stratégie était des plus rudimentaires, j'en conviens, mais je ne savais pas comment m'y prendre.

Sophie parut surprise de me voir, mais sans excès. « J'avais à faire tout près d'ici, j'ai fait un détour pour vous apporter mon Schumann, puisque cela avait l'air de vous intéresser. J'aimerais savoir ce que vous en pensez. Je pars demain pour Vienne, on pourrait en parler à mon retour ? » J'avais tout balancé. Plus rien dans les poches. Et en plus, je transpirais.

Elle a accepté le CD en souriant. « J'adore les *Papillons*, le finale surtout, quand le thème se désagrège, que tout part en écho. Je trouve ça bouleversant, pas vous ? Merci beaucoup, je vous dirai. » L'instant d'après, j'avais disparu de son espace visuel et mental. Je suis parti perplexe, déçu et soulagé à la fois.

VI

Le tapis à bagages de l'aéroport de Vienne n'en finissait pas de libérer des soutes les sacs et les valises sous les affiches du Musikverein et les publicités des loueurs de voitures. Je fixais ce lent défilé hypnotique, guettant le moment où je reconnaîtrais mon bien, lorsque le léger signal sonore d'un message reçu se fit entendre sur mon téléphone portable. Numéro inconnu. Ma valise arrivant, je différai l'écoute. Je me dirigeai vers la sortie à la recherche d'un taxi quand un second signal sonore me rappela le message non écouté. Je soupirai, posai ma valise.

« Bonjour François, c'est Sophie Laroche. J'ai écouté votre disque. J'adore vos Schubert. Mais pourquoi avez-vous peur de Schumann ? À bientôt. »

La foudre était tombée là, à mes pieds. En face de moi, une Sissi en crinoline et un Mozart poudré en veste rouge me fixaient d'un air morne sous le verre de leurs panneaux scellés au mur, à côté des photos du parc d'attractions du Prater, avec sa Riesenrad sur fond de ciel bleu, sa grande roue immortalisée dans le *Troisième homme*. Vienne et son inusable fonds de commerce. Je me suis assis à la première buvette qui s'offrait à moi. « Yes, Mineralwasser, bitte. Thank you. »

Réécouter sa voix. « Mais pourquoi avez-vous peur de Schumann ? » Après une longue hésitation, je rappelai. C'était le numéro de la rue de Rome. Sur le répondeur, la voix de Zev, hésitante, donnait le détail des jours et des heures d'ouverture. Je restai là, frappé d'hébétude, face à Sissi et à Mozart impassibles, cryogénisés, tendus dans l'attente du Jugement dernier.

C'est Sandro qui avait dû lui donner mon numéro de téléphone, je ne voyais pas d'autre explication. Et maintenant, il me fallait à tout prix lui parler. Je commençai nerveusement des recherches sur mon mobile. Rien dans l'annuaire de Paris, rien en région parisienne. Rien, rien et rien. J'aurais dû m'en douter, Sandro m'avait dit qu'elle vivait en nomade, au gré de ses humeurs ou de ses rencontres. Inconnue également sur Google. Au nom de Sophie Laroche ne correspondaient qu'un cabinet de soins esthétiques à Bourges, un voilier et un appartement à Fort-de-France. Un homonyme dans les crèmes de beauté et un autre sur un bateau dans les Caraïbes. Décevante récolte.

La Sophie Laroche de la rue de Rome existait-elle vraiment ? Je commençais à me rendre à l'évidence. J'étais en train de tomber amoureux d'un lémurien taché de peinture, vivant sans téléphone portable au XXIe siècle et sur lequel le plus puissant moteur de recherche n'avait aucune prise. Et demain soir, il me faudrait être au sommet de mon art sur le Bösendorfer Impérial qui m'attendait au Musikverein.

Une fois ma valise déposée dans la chambre retenue par Bogovski à l'hôtel Sacher, mon smoking et ma chemise de concert accrochés dans la penderie, je gagnai le Café Central. Depuis longtemps déjà, sous les colonnes mauresques, les couples de Texans et de Japonais avaient fait fuir les ombres de Zweig et de Trotski, en s'empiffrant d'apfelstrudels surchargés de crème fouettée, sous l'œil blasé des serveurs en frac. C'est là que jouait Hermann, chaque jour ou presque, en fin d'après-midi. Je le trouvai arrimé au quart-de-queue sur lequel il enchaînait par demi-heures successives *La Marche de Radetzki* et *Le Beau Danube bleu*, entremêlés de *Summertime* et de *The Girl from Ipanema*.

Face aux portes tournantes, il m'avait vu arriver. Il m'adressa un signe de tête et glissa quelques accords d'une *Entrée des gladiateurs* tonitruante entre deux mesures de viennoiserie musicale. Pas un des touristes attablés ne leva le sourcil devant une si peu orthodoxe entorse à la *wiener Musik*, puis ses notes continuèrent à dégouliner du clavier comme le glaçage des sachertorten alignées dans les vitrines.

J'attendais sa pause pour le ravitailler en bière fraîche et lui demander l'hospitalité de son deux-pièces en ville. J'aimais ce lieu où, sous quatre mètres de plafond descendait un lustre en cristal de Bohême orphelin de quelques pendeloques, surplombant un ensemble de meubles Ikea qui paraissaient avoir été laissés à l'endroit même de leur déballage. Un espace déconcertant, négligé et investi à la fois, devenu familier, où je me retrouvais avec plaisir.

Hermann est un garçon étrange, d'une inlassable bonne humeur et d'une délicatesse difficilement soupçonnable au premier abord. Il vit la nuit. Et pour l'avoir de nombreuses fois suivi dans des bars excentrés aux arrière-salles ténébreuses et enfiévrées, j'avais pu constater par moi-même que les descendantes de Sissi s'étaient largement émancipées.

Bogovski m'aurait tué s'il avait appris que je dédaignais les palaces qu'il mettait un point d'honneur à me réserver. Avec le temps, j'avais compris que l'attitude des directeurs de salles et organisateurs de festivals était, de beaucoup, subordonnée à la hauteur des exigences de l'artiste. Je me fichais bien de dormir au Sacher, au Cipriani ou au Negresco, je n'étais pas une star capricieuse, à annulations subites, à colères ou à voitures de sport. Pas grand-chose pour nourrir ma propre légende. Un piano bien réglé et une chambre calme me suffisaient, mais le public aime la *story*. Horowitz, ses dépressions et ses nœuds papillons ; Gould, sa chaise et ses pilules ; Richter dormant sous le piano chez Neuhaus ; Dinu Lipatti, malade, épuisé, porté jusqu'au piano et jetant ses dernières forces dans une valse de Chopin…

À quoi tient une légende ? Au talent, au génie ? Parfois, pas toujours. C'est ainsi. À un moment donné, il se passe quelque chose avec le public. Question de présence, d'énergies. C'est souvent inexplicable.

Je suis quant à moi bien trop timide, et austère, et orgueilleux aussi, pour accepter qu'on s'intéresse à autre chose qu'à mon art. Je répugne à imposer mon image, mes goûts et mes incertitudes à autrui. Je ne suis ni luthérien ni janséniste, mais simplement peu porté sur l'édification d'un culte à ma personne.

Pour tout dire, je crois appartenir à la confrérie secrète de ceux qui regardent par-dessus leur épaule lorsqu'on s'avance dans leur direction avec un bouquet de fleurs. Avec le temps, j'ai appris à ne plus me retourner, on appelle ça le métier, mais je constate, chaque jour ou presque, que je n'ai aucune disposition innée en la matière.

Bogovski devait penser, j'imagine, que ses attentions me flattaient. Il faut dire que je m'étais une fois énervé à cause d'un hôtel luxueux et sinistre, agrémenté de moquette sur les murs et de guimauve acoustique dans les ascenseurs. Depuis, il se montrait vigilant sur ces détails. Je le laissais faire. Ce n'est pas là-dessus que je serai jugé pour l'éternité. Il demande pour moi des cachets exorbitants, dont il prélève un pourcentage confortable. Probablement me présente-t-il comme une bête assoiffée de luxe et d'argent. Ça m'amuse, tout compte fait. La dernière sonate de Schubert se fiche de savoir où je dors, c'est dans les premières mesures de son andante que je joue ma vie. Le reste n'a pas d'importance.

Je suis rentré de Vienne par le premier avion du matin, après le concert. Je n'avais pu esquiver le cocktail, les bouquets, les signatures, ni les Viennoises élégantes et permanentées au bras de leur Herr Professor cérémonieux en nœud papillon. Hermann était venu m'entendre, il avait avalé quantité de petits fours et vidé d'innombrables coupes de champagne, puis il était retourné à sa nuit, après une tape sur l'épaule. À se revoir, camarade.

Enfin, je m'étais retrouvé seul. J'étais passé me changer au Sacher, dans une chambre envahie de bouquets, saturée de cette infâme odeur funéraire de fleurs coupées. Après une douche rapide, j'ai rassemblé mes affaires et me suis fait conduire à l'aéroport. Mon blouson roulé en guise d'oreiller, j'ai somnolé quelques heures dans une salle de transit et j'ai attendu l'aube. J'étais déjà loin.

Un taxi m'a conduit rue de Rome, j'ai guetté l'ouverture de l'atelier dans le café en face. Sophie est arrivée en courant, dans une parka militaire trop grande pour elle, une écharpe de couleur vive enroulée cinq ou six fois autour du cou. Elle a relevé la grille, ramassé une enveloppe sous la porte, allumé la vitrine.

Dans quelques instants, j'allais engager ma vie. Je ne savais pas que j'allais aussi engager la sienne. J'ai traversé la rue. L'instant était à vif. Sophie a sursauté en entendant le carillon léger de la porte. Je ne savais pas quoi dire.

« J'arrive de Vienne, j'ai pris le premier avion après le concert. J'avais besoin de vous revoir. Pour Schumann, vous avez raison. Voulez-vous m'aider ?

– Vous devriez poser votre sac, quand même. Je vais faire du café. Vous en voulez ? »

Je l'ai suivie dans l'atelier, entre les éclisses, les copeaux, les pièces en attente d'assemblage, de vernis, de cordes, d'âme, en attente des doigts de Zev. Elle m'a enfin regardé. Le moment qui a suivi appartient à mes heures éblouies.

Elle avait commencé par résister. Puis elle a rendu les armes. Elle a prêté son corps à tous les jeux qu'il lui avait murmurés.

Tout entière immergée dans la lave brûlante des Kreisleriana, *elle l'écoute jouer pour elle seule, et se perd dans les flots légers et volubiles de l'*Arabesque.

Il a ouvert des portes sur d'infinis mystères.

Elle, assise à terre, les genoux sous le menton.

Muette. En larmes.

Il s'interrompt, plus ému qu'elle. Il la console, la fait rire, l'apaise. Il l'embrasse au coin des yeux, là où la peau est la plus douce.

« Tu peux jouer encore ? »

Il tremble. Son rêve, au creux de ses mains.

VII

Dire que la vie avec Sophie fut facile serait excessif. Elle fut parfois d'une simplicité déroutante. Un cristal aveuglant. Nous étions accordés au quart ou au huitième de ton, peut-être même aux ultrasons, comme les dauphins. Elle ressemblait à un voyage, ou plus précisément à ce moment du voyage où, encore loin de la destination envisagée, tous les repères familiers et les habitudes se sont effacés, dilués à un point tel que l'on doute de leur existence. C'est un temps de flottement, d'incertitude, mais aussi de ravissement, de curiosité et de totale disponibilité. Nous habitions une poignée de mots. Nos océans.

La vie avec elle fut aussi terrifiante et sordide, minée par un sentiment dont je faisais la sinistre découverte. La jalousie, *ce monstre aux yeux verts qui se nourrit du poison*... Elle avait immédiatement raciné dans mon ventre. J'étais jaloux. Jaloux du moindre regard, du moindre sourire, de la moindre attention que Sophie témoignait à d'autres, fût-il conducteur de bus, caissier de supermarché ou garçon de café. Le moindre geste envers autrui me dépossédait d'une présence dont je n'étais jamais rassasié. J'aurais voulu la soustraire aux yeux du monde, la condamner à vivre et à peindre pour moi seul. La nourrir de mes mains, de ma parole et de mon seul souffle.

Je lui imposais des scènes désolantes dont le souvenir m'obsède aujourd'hui, mais Sophie était bien trop entière dans ses passions pour légitimer mes craintes. Elle m'aimait d'un amour absolu et j'étais le seul à en douter. Sa peinture rencontrait un succès croissant, elle multipliait les expositions et les ventes. Les amis de Sandro avaient tissé autour d'elle un réseau efficace et bienveillant, dont je n'avais aucune raison de prendre ombrage. Pourtant, à chaque toile vendue, il me semblait que c'était une part de son intimité, de son histoire qu'elle concédait à d'autres. À l'occasion de différents vernissages, j'avais joué, en léger contrepoint sonore à son univers, et elle s'était montrée heureuse d'une complicité qu'elle n'aurait pas osé solliciter d'elle-même. C'était pour moi une façon d'être présent dans ces moments où elle était au centre des regards. Je me montrais indispensable et empressé, irremplaçable et amoureux. Pas un de ses regards ne m'échappait. Sophie, lente et fulgurante, volubile et silencieuse, désinvolte et grave, désarmante de sincérité. Sophie. Ma tempête.

Ce fut l'époque où je privilégiais les concerts, les festivals, les déplacements qui me permettaient de rentrer au plus vite à Paris, ou bien je la suppliais de m'accompagner. Je n'éprouvais plus aucun attrait pour le bout du monde.

Sophie. Mon Ariane. La source et le feu de mon univers.

Elle peint.

Et Ève rencontra Lilith. La première femme parla à la première femme. Ensemble elles dirent ce qu'elles savaient des joies et des peines qui se déposent sur le fil des jours, des peurs qui se dressent à la nuit venue, comme des montagnes qu'il faut gravir chaque matin. Elles parlèrent du sang et des enfants qui poussent dans le ventre comme des fleurs de chair, et des musiques qui consolent.

Elles parlèrent des lacs et des cours d'eau que l'on suit sans savoir où ils mènent, et des arbres et du vol des nuages, et des chiens et des loups qui réclament leur part obscure. Elles parlèrent du monde et du si peu d'amour qu'on y trouve, et de tout l'amour qu'il faut pourtant pour y vivre.

Elles parlèrent des sources, des puits d'où l'on tire l'eau fraîche qui trace des arabesques sur la peau, des puits à l'eau miroir, des puits sombres dont on ne sait le fond. Elles parlèrent du désir des hommes et de leur désir à elles, et de ces cris et de ces tremblements, et de leurs corps nus si beaux, si fragiles.

Et Salomé, et la reine de Saba surgirent de leurs sables d'ocre et de rose. Elles dansèrent dans les grands cercles d'ombre sous les arbres et elles burent du vin, car l'heure était à se réjouir. Elles retirèrent leurs bijoux, déposèrent leurs parures et l'eau sombre des lacs frémit sous leurs pieds, et elles se mirent à rire autour du grand feu qu'elles avaient allumé.

La nuit apportait avec elle une ombre claire, une silhouette de silence et de mystère. Eurydice dans son deuil infini. Ou la femme de Noé, sans nom et sans visage. Égarée. Retrouvée.

Puis le jour vint offrir ses couleurs, comme chaque jour. Toutes les femmes se mirent en marche vers des citadelles aperçues en songe. Et les enfants marchèrent avec elles. Longtemps on les entendit chanter dans les lointains, sur des chemins recouverts de myrte et de fleurs inconnues qui s'effaçaient sous leurs pas.

Elle peint.

Après des scènes injustes, éprouvantes, elle menaçait de partir, cherchant à se dégager d'un nœud coulant qui l'étouffait peu à peu. Puis elle y renonçait, sur mes promesses de *plus jamais*. J'étais capable de fouiller son sac pendant son sommeil, de vérifier les appels sur son téléphone – un de mes tout premiers cadeaux –, de vérifier les dates et lieux de ses achats sur ses tickets de carte bancaire, de simuler un départ de la maison pour la suivre à un rendez-vous. Bien sûr, il n'y avait jamais rien à découvrir. J'étais ignoble. Amoureux, angoissé et ignoble. Je n'éprouve aujourd'hui aucune complaisance à me l'avouer, aucun remords libérateur ; j'ai simplement l'impression de visionner les séquences en désordre d'un film prometteur et d'en constater l'échec par la faute d'un acteur égocentrique et inadapté.

En parlant de scènes, me revient en mémoire cette étrange relation entre Sophie et Zev Isaakovitch. Je me souviens en particulier de ce jour où j'étais passé à l'improviste l'embrasser avant d'aller à l'aéroport. Nos adieux du matin ne m'avaient pas suffi. Ils ne suffisaient jamais. À l'heure du déjeuner, j'étais entré dans la boutique, où je n'avais trouvé personne. Je m'étais avancé jusqu'à l'atelier. Ils étaient là tous les deux, immergés dans un chuchotement ininterrompu. Côte à côte, assis à l'établi, dans un parfum d'épices et de viande mijotée, deux assiettes creuses posées devant eux sur un grand torchon faisant office de nappe. Ils m'ont vu. Leur cercle magique s'est rompu.

Ils ont levé les yeux en m'entendant frapper au battant de la porte ouverte. Zev s'est levé pour me prier d'entrer et de m'asseoir avec eux. Voulais-je partager leur repas ? Un verre de thé peut-être ? Sophie m'a regardé avec colère. De quel droit cette irruption ? Zev s'activait auprès d'un vieux samovar en métal argenté cabossé, avançait une chaise autour de la table et repoussait des morceaux de violon épars. Où allais-je jouer, quel programme ? Où en était mon projet avec Sandro ? Puis Sophie s'était radoucie, elle avait débarrassé les assiettes vides et m'avait tendu la boîte à sucre. Zev ressemblait à un vieux jockey ou à un lutin fatigué. Lequel des deux veillait sur l'autre ?

L'atelier vivait grâce à quelques clients fidèles, pour la plupart des solistes de renommée internationale qui venaient confier là leurs délicats Stradivarius, Guarnerius ou Amati. Une clinique de luxe pour instruments d'exception, en quelque sorte. Les élèves du Conservatoire venaient chercher une partition, de nouvelles cordes, ou demander conseil pour l'achat d'un instrument, le plus souvent dans l'espoir de croiser une célébrité et d'échanger quelques mots avec l'un des maîtres du pizzicato ou de la double corde. Sophie s'occupait de la caisse, des écritures, comme disait Zev, elle rangeait et nettoyait l'atelier en prenant soin du vieux Juif russe mieux que d'elle-même.

Je demeurais décontenancé par son sérieux dès qu'il s'agissait de lui. Ses propres factures disparaissaient sous les journaux dans son coin d'atelier, ses vêtements tachés de peinture s'accumulaient au pied du lit, et le frigo ne recelait guère autre chose que des yaourts, des tomates et du fromage en portions. Négligente, indifférente à son confort, elle traversait tout Paris pour aller lui chercher des malossol et de la crème de raifort dans les épiceries russes de la rue Daru ou du gefilte fisch rue des Rosiers. À ma grande surprise, elle lui cuisinait parfois elle-même du bortsch ou des pirojki. Oui, à ma grande surprise, car j'avais observé que ses talents se limitaient aux œufs et aux pâtes quand il s'agissait de nous deux, et plus volontiers encore aux assortiments de sushis rapportés du restaurant japonais en bas de notre immeuble. Elle protégeait Zev des importuns, des curieux, et relançait sans états d'âme les mauvais payeurs, alors que recevoir de l'argent en échange d'une de ses toiles l'embarrassait toujours. Leurs fragilités s'épaulaient. Chez lui, elle avait trouvé paix et affection, en plus de l'argent nécessaire pour acheter ses toiles et ses couleurs.

De client, Sandro était devenu un proche, puis un ami. Où qu'il se trouvât, il prenait des nouvelles de Zev, envoyait une carte postale ou appelait à la boutique. Quel mystérieux cheminement avait emprunté leur relation ? J'avais fini par me faire à l'idée qu'avec Sophie, il constituait sa seule famille, et que Zev les considérait comme les enfants que la vie ne lui avait pas permis d'avoir.

L'histoire personnelle de Sandro m'importait peu à vrai dire, mais du fait de son intimité avec Sophie, elle exigeait à mes yeux quelques éclaircissements. L'explication vint d'ailleurs à un moment où cette question avait perdu pour moi de son acuité, et me fut donnée par l'intéressé lui-même.

Je lui avais un jour proposé une date pour nos répétitions, elle semblait lui convenir, puis il m'avait rappelé le lendemain. Il avait oublié, mais il n'était pas disponible ce jour-là. Il devait représenter sa mère, trop âgée pour faire le déplacement, lors d'une journée à la mémoire des anciens prisonniers du bagne de Goli Otok. L'île nue. Le bagne instauré par Tito pour ses opposants politiques, sur une île de la côte dalmate. Mon silence au bout de la ligne avait dû attester de ma surprise. Je percevais mal la relation entre l'éphèbe triestin au phrasé souverain et les déportés du régime titiste.

Il s'était mis à rire, malgré le sujet qui s'y prêtait peu. Je me trouvais dans le métro, je l'entendais mal, mais je crois avoir tout de même compris. « Allez, je t'explique, tu veux ? Mon grand-père était un communiste slovène, fidèle à Moscou. C'est pour cette raison qu'il a été déporté à Goli Otok, où il est mort. On ne sait pas trop quand ni comment, d'ailleurs. Sa femme, ma grand-mère, a réussi à passer en Italie et à rejoindre les hauts de Trieste avec ses deux gamins sous le bras, ma mère et mon oncle. Elle s'appelait Milena Ivanek avant de rencontrer le signor Ferrucio Baldi, mon digne père. Il y a quelques années, une association s'est créée pour faire de l'île un lieu de mémoire, et tous les ans, les descendants des bagnards et les survivants se réunissent là-bas. Les anciens combattus, en quelque sorte, tu vois ? » Sandro faisait, m'avait-il semblé, un effort considérable pour garder le ton léger, détaché, qui lui était habituel, mais sa voix me paraissait singulièrement tendue. Pris de court, j'ai dû lui dire quelques banalités et nous nous sommes séparés après avoir fixé une autre date pour nos répétitions.

J'avais reçu la réponse à ma question sans l'avoir formulée. Il y avait donc une proximité de victimes de l'histoire entre Zev et Sandro, par grand-père interposé, en ce qui concernait ce dernier. Pour Zev, c'était autre chose.

Je me souviens qu'après avoir raccroché, je me suis senti curieusement troublé. La rame était presque vide à cette heure très matinale et, pendant quelques instants, j'ai cru voir tous les damnés de Goli Otok se dresser autour de moi, enchaînés, en haillons, tendant leurs mains en me demandant de ne pas les oublier. Étrange sensation. Oppressé, je suis descendu à la station suivante. Jamais je n'ai dit à Sophie ce que Sandro m'avait confié ce jour-là.

VIII

Et Zev a commencé à mourir. J'ai découvert à ce moment-là des versants jusqu'alors inconnus de la personnalité de Sophie, et vécu là un bien étrange épisode de ma vie.

Je la trouvai un soir en larmes au-dessus d'une poêle où elle faisait frire de la viande et des oignons avant d'en garnir des morceaux de pâte découpés en carrés sur le plan de travail. « C'est pour Zev, c'est son plat préféré. » Je la regardais avec perplexité, une heure plus tard, ranger toute une théorie de pirojki dans des boîtes étanches en plastique, qu'elle empilait ensuite dans de grands sacs. « Pourquoi tu ne lui dis pas de venir dîner ici ? Je vais le chercher et je le ramène, ce serait plus simple, non ? »

Elle m'avait regardé avec ahurissement. Quelque évidence avait dû m'échapper. « Tu ne sais pas qu'il ne sort jamais après la tombée du soir ? S'il a un travail à finir, il reste dormir à l'atelier, il y a un canapé, il a toutes ses affaires là-bas. C'est comme ça. Il a peur. » Elle s'était interrompue. « Tu sais, il est fatigué, si fatigué. Qu'est-ce que je peux faire ? » Puis elle s'était effondrée dans mes bras. On console mal, la plupart du temps. J'avais été impuissant à endiguer sa détresse et j'aurais été malhonnête de la rassurer sur la santé de Zev, qui me paraissait à chaque fois un peu plus las, un peu plus voûté, comme s'il rentrait en lui-même, dans une invisible coquille dont lui seul savait les contours.

Sophie m'avait alors raconté son histoire.

Zev était né à Odessa, dans le ghetto. Il ne connaissait que les violons. Jouer, jouer, jouer encore. Il se montrait aussi habile à les réparer. Mariages, naissances, deuils, fêtes. Un jour de mariage où il avait été prié de venir faire danser les invités, il avait rencontré Hannah. Elle ne dansait pas. Trop vite essoufflée. Ses yeux avaient croisé ceux de Zev en allant lui porter une assiette et un verre de vin. Il n'avait plus jamais regardé d'autres yeux.

Ils s'étaient mariés dès que possible. La famille d'Hannah avait fait la grimace, pour le principe, mais la fragilité de la jeune fille leur interdisait de rêver d'un meilleur mariage, avec le fils du tailleur ou celui du rabbin, par exemple. Et ainsi, elle ne serait pas à charge. Ils avaient vingt ans à peine.

Un an plus tard, en octobre 1941, l'armée roumaine alliée à l'armée allemande entrait à Odessa et entreprenait le massacre consciencieux d'une bonne partie de la population civile, juive de préférence. Rafles, pendaisons, fusillades par groupes de cinquante au bord de fosses communes... Comme ce n'était pas assez rapide, ils avaient fini par rassembler le reste des prisonniers dans des entrepôts qu'ils avaient mitraillés, puis incendiés. Quarante mille habitants massacrés en un jour. Une odeur de chair brûlée avait flotté sur la ville pendant des semaines.

Hannah avait été abattue au milieu de la rue, à l'aube, en tentant de porter secours à son frère Nathan, âgé d'une quinzaine d'années, que les soldats emmenaient à l'équarrissage avec un groupe d'adultes. Une rafale de mitraillette les avait fauchés, ils étaient tombés l'un sur l'autre. Les soldats avaient traîné les corps jusqu'à un tas de cadavres, ils les avaient arrosés d'essence et avaient mis le feu.

Zev avait continué à vivre pour aider ses parents. À la fin de la guerre, il était l'un des rares survivants du ghetto et se retrouvait sans famille. Il avait pris le bateau pour Istanbul en jouant pour payer sa traversée. Violon, accordéon, vaisselle et épluchures. *Spiel balalayke !* D'Istanbul, il avait réussi à rejoindre Athènes, puis Marseille, et Paris. Le violoniste David Zylberstein se trouvait sur le bateau, où il avait découvert par hasard ses dons de luthier. Il l'avait recommandé à un atelier de la rue de Rome. À la mort du propriétaire, Zev avait pris la suite, et n'en était jamais parti.

Dans la boutique, une série de photos encadrées – sa seule coquetterie – le montrait, depuis un demi-siècle, en compagnie des plus grands interprètes. Il y avait aussi une autre photo, dans l'atelier, au-dessus de l'établi. Un jeune couple en habits de fête s'y tenait les mains en regardant l'objectif avec gravité. La très jeune femme portait de longs cheveux nattés autour d'un visage aux yeux clairs. Leur photo de mariage. Avec le samovar, c'est tout ce que Zev avait emporté. Depuis, il passait ses journées sous le doux regard d'Hannah. Puis la fatigue était venue, et Hannah lui manquait de plus en plus. Zev n'avait plus jamais joué depuis sa descente du bateau. À quoi bon la musique sans elle ? Pour lui les notes n'avaient plus rien à dire. Il s'était contenté de guérir l'âme des violons qu'on lui apportait.

Sophie connaissait dans ses moindres replis l'histoire de Zev. Je repensais à leur cercle sous la lampe de l'atelier, à leur murmure au-dessus des assiettes. Combien de peines s'étaient-ils ainsi confiées ?

Quelques semaines plus tard, vers la fin de l'automne, en arrivant un matin à l'atelier, Sophie avait trouvé Zev assis à son établi, le visage posé sur les bras, comme un enfant assoupi à son pupitre. Il était mort. Il s'était endormi sous le regard d'Hannah au milieu de ses violons inachevés.

Sophie m'avait alors surpris, et bien au-delà de tout ce que j'aurais pu imaginer. Loin de s'être enfuie, épouvantée, elle était longuement restée auprès de lui. Elle avait recouvert sa tête et ses épaules du châle de prière qu'il gardait à l'atelier, puis elle avait décroché la photo de mariage et l'avait glissée dans son sac, avec quelques-uns des outils du vieux luthier. Pour l'empreinte de sa main sur le bois du manche, m'avait-elle dit plus tard.

Enfin, elle m'avait appelé, et s'était décidée à prévenir la police. L'idée de la transformation de ce lieu en périmètre d'enquête, les questions auxquelles elle aurait à répondre pendant des heures, la terrifiaient. J'avais senti une crainte animale, une peur primitive dans sa voix, et je m'étais posé la question, de façon fugitive, de possibles relations antérieures avec l'espèce policière.

Je ne savais pas grand-chose d'elle, finalement, et elle ne m'avait pas beaucoup éclairé sur son passé. Je n'avais jamais cherché à aller au-delà de ce qu'elle avait bien voulu me confier. C'est Sandro qui m'en avait dit le plus, et c'était très peu, si l'on y songe.

Bien sûr, les policiers avaient voulu savoir pourquoi elle ne les avait pas prévenus à la seconde même où elle avait trouvé Zev. Difficile de leur dire qu'elle voulait dire adieu en paix à celui qui l'avait accueillie dans ses heures d'errance, avant qu'ils n'arrivent avec leurs questions, leurs appareils photo et leurs blousons bleu marine. Et contrairement à ce que je redoutais, Sophie n'était pas effondrée les jours suivants. « Il savait que c'était son jour. Sinon, pourquoi aurait-il mis son meilleur costume, une chemise blanche et une cravate sous sa blouse ? Je ne l'ai jamais vu habillé comme ça. Il savait, c'est tout. Il s'est endormi en regardant Hannah. Je pense qu'il était heureux. »

Des semaines difficiles avaient toutefois suivi, dans l'attente de l'autorisation d'inhumer, et l'Institut médico-légal ne semblait pas pressé de nous restituer le corps de Zev. Sa disparition avait ému le quartier ; de nombreux clients et voisins avaient voulu assister à l'enterrement. Au fil des jours, ces souhaits d'un dernier hommage s'étaient effilochés et chacun était retourné à sa propre vie.

Sophie souffrait de savoir Zev allongé dans un tiroir métallique réfrigéré, en attente de la table de découpe. Au lever du jour comme au soir, elle lisait à haute voix des prières juives trouvées je ne sais où, convaincue que dans ces moments-là, l'âme de Zev l'entendait et que ses mots l'aidaient à trouver le repos qui lui était encore refusé.

Enfin, nous fûmes autorisés à l'enterrer. Zev était mort d'usure, de peine, et du désir de retrouver Hannah. Sophie s'était souvenue qu'il avait acheté une concession dans le carré israélite du cimetière de Bagneux. Je me suis chargé de tout, comme on dit, pour lui épargner des démarches pénibles. Sandro a pris l'avion pour accompagner Zev une dernière fois. Nous nous sommes retrouvés tous les trois autour du cercueil ; Sophie a sorti de son sac la photo de mariage et l'a posée sur la poitrine de Zev. Hannah reposait désormais sur son cœur pour l'éternité. Puis elle s'est blottie en larmes dans les bras de Sandro. Après la prière du rabbin, nous avons suivi en voiture le convoi jusqu'à Bagneux, en silence. Sophie et Sandro se tenaient la main, comme deux orphelins.

Sandro avait pris son violon avec lui. Au bord de la fosse ouverte, il l'a rapidement accordé et il a joué. Il a joué le *Nigoun*, cette lamentation hébraïque venue du fond des âges. Je m'approchai de Sophie avec un geste tendre, mais elle s'écarta et je demeurai le bras tendu dans le vide. Elle a ensuite jeté un minuscule bouquet de fleurs fraîches attachées par un ruban et une poignée de terre. Sandro et moi avons fait de même. Nous sommes restés là, silencieux un long moment, puis Sophie nous a pris par le bras et nous avons remonté ensemble une interminable allée.

Nous avons trouvé refuge dans le café en face du cimetière, un café comme tant d'autres, avec ses affiches de PMU, son plat du jour et sa bâche rouge noircie de pluies et de fumées. Sophie a commandé quatre vodkas. Nous avons bu à la vie, à Zev, à nous-mêmes, et entrechoqué nos verres avec celui du mort. Puis elle est sortie avec le quatrième verre et en a lancé le contenu vers le ciel. Nous sommes ensuite rentrés à Paris.

Désormais sans travail, Sophie m'accompagnait dans mes tournées. Chassée de son éden de la rue de Rome, je crois qu'elle appréhendait de rester seule rue Lagrange. Égoïstement, je ne m'en plaignais pas et ne cherchais pas à approfondir les angoisses qui la traversaient, par moments, au point de l'empêcher de parler pendant des journées entières. Je croyais faire preuve d'attention, de respect pour ses états d'âme d'artiste ; avec le temps, j'ai compris que c'était mon propre confort que je protégeais.

Nous partions ensemble, je répétais, elle peignait dans les chambres d'hôtel sur un chevalet portatif, ou elle remplissait de croquis ou d'aquarelles les pages de grands carnets à spirale, au gré de ses découvertes, dans les villes où nous nous trouvions. Parfois, elle se perdait. Elle m'appelait alors, prise de panique, ou enthousiasmée par ses découvertes et impatiente de me les faire partager ; je partais alors la chercher dans les périphéries où elle s'était laissé conduire par un bus ou une ligne de métro prise au hasard. Si je me trouvais en pleine répétition, ou sur le point d'entrer en scène, comme ce fut parfois le cas, je demandais à quelque membre de l'organisation du concert d'aller à sa rencontre. Elle venait ensuite m'écouter jouer, essoufflée, son cabas en toile posé à ses pieds, puis nous dînions avant de rentrer nous étreindre jusqu'à l'épuisement.

Elle l'écoute appeler autour de lui les masques du Carnaval. *Elle sent chaque doigt se poser sur les touches, chaque note respirer et donner vie à la suivante, avant de s'immoler dans le flamboiement du finale.*

Tout à l'heure, dans le sombre de la chambre, les dédales du désir les ont gardés longtemps prisonniers. Ardents et heureux. Elle se dit que sa seule envie est d'être ici en ce moment.

Elle qui aime si peu voyager, elle a accepté de venir.

Elle l'a suivi au cœur d'une cité enroulée sur ses canaux comme un nautile géant. Où il suffit d'un pont pour changer de cercle. Il l'a guidée, et puis ils se sont perdus.

Elle a aimé cette ville arrondie sur elle-même, saturée d'élément liquide. Comme nostalgique d'un ventre maternel doux et chaud, que seule la caresse d'une main aimée sait remplacer, comme une plongée sans fin dans un monde naguère parfait.

Le lendemain, ils sont allés à la mer.

Il aime ce pays de sable, d'eau et de vent. Il lui a dit qu'il suffit de s'asseoir sur le sable, entre le vent et l'eau, et de les écouter parler ensemble.

Elle a ramassé des coquillages. Elle s'est approchée de l'eau, là où commence la mer. Elle lui a demandé où allaient les bateaux là-bas, les pétroliers et les porte-conteneurs qui dessinent de minuscules rectangles posés sur l'horizon.

Elle a tracé des lettres et des étoiles sur le sable mouillé. Elle lui a dit qu'il était beau quand il riait. Ils sont repartis pour arriver avant la nuit, sur leurs bicyclettes qui grinçaient à chaque tour de roue.

Sur la route, il lui a crié qu'il était heureux. Il y avait beaucoup de vent, il n'est pas sûr qu'elle l'ait entendu.

C'est moi qui, le premier, avais parlé d'un enfant avec elle. Un modelage commun de chair, d'âme et de sang. Une démultiplication de nous-mêmes, tangible, vivante, qui nous inscrirait dans l'éternité en nous rendant immortels. Une envie d'aimer au-delà de nous-mêmes, éprouvée par la plupart des couples, dont je venais de faire la découverte avec émotion.

En y repensant, je crois que ce n'était pas son désir, mais elle avait accepté de m'offrir ce que je souhaitais. De me rassurer. De me prouver que nous pouvions vivre en paix. Je crois qu'elle s'était déroutée d'elle-même à ce moment-là, et je ne l'avais pas compris.

Ses traits avaient pris une douceur inhabituelle, la fatigue des premiers mois ombrait ses yeux de mauve et de gris, alanguissant sa démarche. Elle souriait de voir ses seins gonfler, pour la première fois de sa vie.

Je tenais le monde entre mes doigts. Dans ces instants, j'ai cru au bonheur terrestre ; j'ai cru à la magnanimité des dieux, à la félicité absolue et éternelle.

Elle avait découvert que la vie pouvait être plus heureuse et plus vibrante que les étreintes les plus triomphantes.

Une vie à venir avait pris possession de tout son corps, noyé dans une béatitude proche de l'infini. Neuve et pleine de toutes les mémoires de femmes.

IX

À Valmezan, j'avais perdu toute notion du temps. Pour commencer, j'avais annulé trois mois d'engagements. Bogovski a dû défaillir en lisant mon message, je suppose qu'il a aussitôt appelé Cristina. Je me suis retrouvé libre et désœuvré, dans la seule attente d'un appel de la clinique. Il fallait apprivoiser les heures, tenir la peur et les souvenirs à distance ; je me suis réfugié dans la lecture. Livres. Magazines. Journaux, presse locale comprise. J'avais pris pension à La Tosca, où l'exubérante serveuse – Floriane, avais-je appris – m'accueillait comme un familier.

J'avais renoncé à compter les jours, j'avais dû acheter du linge, des affaires de toilette, tout ce qu'il fallait pour me donner l'illusion de m'installer. Je ne pensais plus au piano.

Ainsi, Sophie était devenue muette. Mutique. Aphasique. D'elle-même, elle ne pouvait plus rien livrer. Peut-être les mots avaient-ils désormais perdu tout leur sens. Toutes mes déclarations éperdues s'étaient fracassées sur mon absence et il n'y avait rien d'autre à dire. À son tour, Sophie était entrée dans une zone d'absence. Les trous noirs du cerveau. Sait-il réellement contourner ses propres circuits endommagés pour en activer d'autres, sous-jacents et inutilisés ? Dessiner d'autres parcours, d'autres identités ?

Peut-être en est-il ainsi pour Sophie, peut-être son mutisme lui permet-il d'échapper aux parties sinistrées d'elle-même. À nos heures difficiles, elle se réfugiait dans le silence. La forêt obscure de la mémoire, qu'elle interroge inlassablement en peignant. Son obsession de l'archaïque en nous. Au cœur de ce labyrinthe, je ne savais pas qui était son Minotaure. Je crains aujourd'hui qu'il ait emprunté mon visage. Ai-je le droit de la contraindre à lui faire face ?

Un matin, Ramic m'a appelé. « Je pense que nous pouvons envisager votre visite. La patiente ne montre ni agitation ni hostilité à cette idée, mais on ne peut préjuger des conséquences du choc visuel, tout peut arriver. Préparez-vous à cette éventualité. Venez cet après-midi à quinze heures, je vous présenterai le confrère qui s'occupe de Mademoiselle Laroche. Il vous accompagnera, ainsi que l'infirmier du service. »

Ni le ton ni le propos n'appelaient la discussion. Je détestais toujours autant sa façon de parler de Sophie, son vocabulaire vaguement clinique, cette façon de faire semblant de chercher des mots adaptés à un interlocuteur profane, voire demeuré. Je crois que je le hais. Enfin, j'avais obtenu ce que je désirais, c'était une première victoire. Sophie. Mon lémurien. Mon allégresse. Mon fleuve.

Bien avant l'heure, j'ai sonné à la grille. Décliné mon identité, annoncé l'objet de ma visite dans un antique interphone. La grille s'est ouverte, et refermée sur moi. Pas rassuré. *Oh vous qui entrez ici...* Dans quel cercle de l'enfer allais-je pénétrer ?

La secrétaire de Ramic m'a fait patienter dans son bureau. Des tableaux impressionnistes en économiseur d'écran, un pot d'impatiens rose vif posé sur un casier à tiroirs et des dessins d'enfants punaisés sur des panneaux en liège. Tout compte fait, l'enfer présentait une antichambre très conformiste.

Puis Ramic m'a fait appeler. Il m'a présenté Stéphane Legendre, le médecin psychiatre en charge du cas de Sophie. Un petit blond à lunettes au regard mobile, aux gestes étroits. Je n'ai pas aimé non plus sa façon de me fixer, mais je n'étais pas venu l'inviter à dîner, après tout. Dans l'état de fébrilité intérieure où je me trouvais, ma seule préoccupation était de garder les apparences d'un certain calme. Pas question qu'ils reviennent sur leur décision. Legendre ne fit aucun commentaire sur la situation et m'invita à le suivre.

Des sols dallés de linoléum, des murs pastel, des panneaux d'information, dangers du tabac, droits du malade, lavage des mains, menus de la semaine, des tables basses encombrées d'orchidées artificielles et des chaises tapissées de mousse vert acidulé. Des silhouettes blanches, des chariots métalliques, des portes qu'on entrouvre, un cri. Cette aile de l'hôpital avait été baptisée Gentiane. J'appris qu'il y avait aussi Chamois et Tournesol. Qui peut bien inventer des noms pareils ?

Sophie se trouvait derrière l'une de ces portes. Je n'étais plus sûr de vouloir entrer, mais c'était trop tard. Nous étions arrivés à sa chambre. Philippe était derrière moi, il occupait toute la largeur de la porte. Ma retraite était coupée. Envie de vomir, tout à coup. J'aurais voulu cette scène sans témoins, au lieu de ces retrouvailles sous contrôle, et je n'avais pas le droit de me tromper, fût-ce d'un mot ou d'un geste. Sophie allait peut-être hurler, se jeter sur moi ou contre le mur, se rouler par terre ou tout simplement m'ignorer. On m'avait prévenu.

Je suis entré.

« Bonjour Sophie, c'est François. Je suis venu te voir. » J'ai fait un pas en avant et tendu les mains vers elle. Legendre m'a fait signe d'attendre. Je me suis alors entendu jouer le premier morceau des *Fantasiestücke*, « Du soir », dans un lecteur posé sur la table de nuit. Une silhouette féminine était assise sur le lit et fixait la source sonore. J'ai remarqué une queue-de-cheval tenue par un élastique rouge et un pull d'homme gris foncé, trop large pour ses épaules menues. Je ne sais pas si elle m'a entendu. J'ai senti Legendre derrière moi, crispé.

« Bonjour Sophie, c'est François. Je suis venu te voir. » Legendre m'a touché le coude et fait signe de continuer à parler. C'est ce que j'ai fait. Doucement, puis je me suis tu. Trop difficile.

Toujours assise, Sophie s'est retournée ; je me suis approché lentement. Je me suis accroupi devant elle et j'ai tendu mes mains vers les siennes. J'ai cherché son regard.

« Je suis venu te retrouver. Je ne partirai plus. » C'était dit. Les dés étaient jetés. « Sophie, c'est François, tu me reconnais ? » J'ai serré ses mains plus fort, mais ce sont les miennes qui tremblaient.

Philippe ne m'avait pas menti. Une toile de deux mètres sur deux était fixée à l'un des murs de la chambre, avec un fond noir uniforme recouvert de blanc sur un tiers de sa surface environ. À terre, un pot de peinture blanche et un pinceau. Peut-être cela m'impressionna-t-il davantage que le regard absent de Sophie et sa silhouette amaigrie perdue dans ce pull immense. Elle avait renoncé à la couleur, au geste projeté sur la toile, à leur fusion dans l'espace. Elle avait renoncé à elle-même, à tout, sauf à m'écouter jouer. Par la musique, je remplissais ses jours et ses heures, chaque note comme un infime maillon d'une chaîne dont je ne savais si elle l'aidait à vivre ou l'en empêchait. Attente insensée ou consolation ? Comment savoir ?

« Sophie, veux-tu que je reste ? » Je suis demeuré immobile, à ses pieds. Elle avait peu changé, si ce n'est une absence, une lassitude dans le regard, et ses cheveux qui avaient poussé, épais et sombres autour de son visage. Belle. Infiniment belle. Je ne savais plus que dire. J'aurais voulu la prendre dans mes bras, la supplier de m'accorder un regard, mais l'expression de Legendre n'invitait pas à un tel geste. Je me suis relevé ; jamais je ne me suis senti aussi démuni. Je ne pouvais pas lâcher ses mains. Elles étaient tachées de peinture blanche. Sophie. Ma Salomé. Mon rire. Ma chance.

J'ai répété les mêmes mots. « Veux-tu que je reste ? Veux-tu que je revienne ? Je ne te quitterai plus. » Legendre s'est interposé. Philippe n'avait pas bougé depuis le début de la scène. « Mademoiselle Laroche, voulez-vous sortir un peu dans le parc ? Monsieur Vallier va vous accompagner. » Elle s'est levée en prenant légèrement appui sur mes bras.

Le morceau venait de se terminer. Elle a retiré ses mains et arrêté l'appareil avant le début de la piste de lecture suivante, puis elle a contourné le lit, évité les pinceaux posés à terre sur des journaux, elle a pris un blouson en jean et une paire de tennis de toile dans une minuscule armoire à portes coulissantes. Ses gestes étaient lents, mais précis. Lui donnait-on des calmants ?

J'ai glissé son bras sous le mien, senti le même appui léger, comme un bras d'enfant, et ajusté mon pas au sien. Elle s'est dirigée vers une porte vitrée au fond du couloir, je ne savais plus s'il fallait parler ou non. Philippe se tenait à deux mètres de nous. Je suis heureux que Sophie l'ait comme ange gardien.

L'après-midi était tiède, le parc vaste et soigné, les arbres immenses, les bâtiments bordés de massifs fleuris. Un univers lisse où tout semblait à sa place, et sans la démarche hésitante de pensionnaires qui circulaient dans les allées, sans la présence de trop nombreuses blouses blanches, on n'y soupçonnerait ni la douleur, ni la folie, ni la peur, ni aucun de ces égarements qui terrifient ceux qui demeurent à l'extérieur.

J'ai guetté un geste, une pression de bras, de main, un mot, un murmure. J'ai continué à parler doucement. C'était trop tôt pour lui dire que je voulais l'emmener loin d'ici et la garder auprès de moi, trop tôt pour moi aussi. Et peut-être n'en a-t-elle aucune envie. Pourquoi me faire confiance aujourd'hui ? Elle semblait m'écouter, sans qu'un trait de son visage n'ait bougé depuis tout à l'heure. Soudain, elle m'a interrompu d'un geste et elle a tendu le doigt pour me montrer un épervier dans le ciel.

À ce moment précis, pendant ce bref instant où elle le suivait des yeux avant qu'il ne disparaisse au-dessus des arbres dans sa trajectoire ample et silencieuse, je retrouvai son regard. Cette présence intense, cette concentration violente, comme pour retenir l'image à jamais, qui m'avait à la fois effrayé et fasciné dès notre première rencontre. Quelques secondes plus tard, son regard est revenu à son absence, paraissant se terrer au plus profond d'elle-même pour ne plus en sortir. Legendre nous a rejoints. « Monsieur Vallier reviendra demain, vous pouvez en être sûre. » J'ai poursuivi, en écho. « Je te raccompagne. Viens, il commence à faire frais. »

Il était prévu de commenter immédiatement ces pauvres retrouvailles avec Legendre et Ramic. Je ne m'en sentais pas la force. Ils m'ont laissé partir contre la promesse d'un rendez-vous le lendemain, à la première heure. Au moment où j'ai franchi la grille, j'ai senti une immense fatigue me saisir aux épaules. Dans la voiture, j'ai éclaté en sanglots.

Aimer comme on écrit une icône. On l'écrit avec du temps, du temps infini, avec des couleurs comme du rouge, de l'orange, du brun, avec des traces d'or et infiniment d'amour.

On l'écrit pour se souvenir d'un amour plus fort que le poids des jours, plus fort que ces fragments de mosaïque que nous tentons de rassembler afin que nos vies rencontrent un jour leur visage. Il s'y mêle toutes les larmes et le souvenir des musiques oubliées.

Écrire une icône à l'image de ce qu'on ne connaît pas, de ce qui demeure plus grand et plus aimant que nous. On l'écrit en écoutant le silence, le vent, les feuilles, et en oubliant la rumeur.

En interrogeant un regard grave qui murmure de croire encore alors que la nuit s'avance.

On l'écrit en se souvenant de la trace des pas minuscules de ceux qui nous ont précédés dans le labyrinthe, à la poursuite d'un rêve qui s'envole, dans l'offrande d'une poussière colorée, les laissant désolés autant qu'éblouis.

X

J'étais à Budapest lorsque Sophie avait passé l'échographie du cinquième mois. Elle m'avait laissé un message angoissé auquel, je dois l'avouer, je n'avais pas prêté grande attention. Le soir même, elle devait entrer à l'hôpital pour des examens complémentaires. « Ce n'est peut-être rien, mais je suis inquiète quand même. Rappelle-moi, s'il te plaît. Je t'aime. » Je laissai un mot rassurant sur son mobile. Une de ces réponses imbéciles, dont l'auteur démontre surtout qu'il ne veut pas se poser trop de questions, *ne te tracasse pas, je suis sûr que tout va bien se passer. Tiens-moi au courant. Baisers.*

Pour l'heure, je me heurtais au chef d'orchestre du Philharmonique hongrois, Zoltan Novotny, avec qui je devais jouer quelques jours plus tard le troisième concerto de Beethoven à l'Académie Franz Liszt. Nous ne nous connaissions pas. La première répétition avait posé le constat d'un indiscutable différend artistique ; j'en étais sorti contrarié, exténué. La seconde avait scellé notre mésentente, en faisant surgir une vive antipathie réciproque. Je lui reprochais des tempi trop rapides, un phrasé informe, un son confus et boursouflé. Mon jeu lui paraissait retenu à l'excès ou, au contraire, fiévreux sans nécessité.

Je n'avais pas l'intention de me battre avec l'orchestre. À soixante contre un, c'est perdu d'avance. Pas question non plus de jouer Beethoven en version western spaghetti. Le concert promettait d'être exécrable et il devait être retransmis en direct à la radio. Pas question d'immortaliser une telle absence de rencontre.

Soucieux de défendre sa programmation, le directeur de l'Académie avait tenté un rapprochement, mais les nombreux verres de tokay servis au cours du dîner qu'il avait tenu à offrir en mon honneur n'avaient pas réussi à combler la tranchée creusée entre Novotny et moi.

Je l'avais rejoint, avec quelques invités dont je n'avais saisi ni les noms ni les titres, au premier étage d'un immeuble de l'avenue Andrassy à la façade sculptée d'atlantes, de feuilles d'acanthe et de rosaces. Son épouse, blonde, sertie de diamants et chaînée d'or, charmante et démodée, avait déployé beaucoup d'efforts lors de cette soirée empreinte d'une courtoisie excessive, rigide et tout compte fait inutile.

Bien sûr, on me pria de jouer après dîner. Je le fis, moins pour l'agrément de tous que par égard pour la maîtresse de maison, attendrissante dans ses vaines tentatives d'alléger l'atmosphère.

J'avais hésité. C'est Liszt, bien sûr, qui était attendu. Je me suis levé, la cinquième rhapsodie hongroise au bout des doigts. Une de mes préférées, la moins spectaculaire probablement, pas de triples saltos arrière, de grand écart ou de marche triomphale sur les mains. Nostalgique, funèbre dans ses accords joués à l'unisson par les deux mains, avec sa mélodie flottant au-dessus de lourds arpèges et sa coda pesante. Elle était très justement accordée à cette soirée. Puis je répugnai à une telle évidence. Arrivé au piano, j'ai joué un prélude de Bach, suivi de sa fugue. Complexe, austère. J'ai dû décevoir l'auditoire, malgré les remerciements appuyés de la maîtresse de maison. J'aurais pu enchaîner avec autre chose, con fuoco, ou appassionato, mais le cœur n'y était pas.

Novotny continuait à me fixer d'un œil pâle et froid, et je transpirais sous l'effet conjugué du goulasch, de la chaleur et du tokay. Je pris congé peu de temps après, prétextant de trop nombreuses heures de sommeil à rattraper. Je n'étais pas optimiste pour la répétition du lendemain et je voulais dissiper le sentiment pénible qui m'avait envahi depuis le début de la soirée.

Je suis descendu à pied vers le Danube, espérant trouver un peu de fraîcheur à la proximité de l'eau. Je laissais aller mon regard vers les grands ponts haubanés et les bateaux de croisière illuminés, amarrés là pour la nuit. À quelques mètres de moi, un couple s'enlaçait et paraissait décidé à poursuivre au-delà de ces préliminaires. Je m'éloignai. À cet instant précis, le message de Sophie me revint en mémoire. Je fermai les yeux, tentai de respirer calmement. Je longeai le fleuve encore un long moment, puis regagnai mon hôtel sur la rive opposée, m'attardant au milieu du pont à suivre des yeux les branches d'arbres emportées dans le courant, avant de me résoudre à rejoindre ma chambre pour une courte nuit.

Le lendemain, excédé, j'avais demandé une pause supplémentaire pendant la répétition, et nous eûmes avec Novotny une ultime explication, glacée. À la reprise, j'adressai brièvement mes remerciements et mes regrets aux musiciens. Je refermai ma partition, retraversai le hall d'entrée et ressortis à l'air libre entre les colonnes de pierre torsadées, sous la statue de bronze du maître fondateur des lieux, sourcil froncé et main étendue dans une ultime bénédiction. Je ne crois pas qu'elle m'ait été destinée.

J'ai adressé au directeur un rapide message, par lequel je regrettais un manque de vues concordantes autour de ce projet musical, j'ai modifié ma date de retour. J'ai joint Bogovski au téléphone pour une scène de drame antique et je suis rentré à Paris de très mauvaise humeur. En d'autres temps, Budapest m'avait laissé de plus radieux souvenirs, mais les choses changent, bien sûr.

Le verdict médical était tombé. L'enfant devait naître trisomique : un cas rare, la trisomie dix-huit, une naissance sur huit mille. Malformations nombreuses et espérance de vie de quelques mois. Nos merveilleux talents conjugués allaient donner naissance à un golem. « Que souhaitez-vous faire ? »

Nous avons pris ensemble la décision d'une interruption médicale de grossesse. Sophie était anéantie. Dans son ventre, l'enfant avait commencé à bouger. Je n'ai pas su dire ce qu'il fallait. Quelques jours plus tard, nous étions attendus pour l'intervention. Sur place, j'ai réalisé qu'il s'agissait en fait de provoquer l'accouchement pour expulser le fœtus. À une nuance près : nous ne le verrions pas, il disparaîtrait dans les déchets hospitaliers.

Nous sommes entrés costumés de bleu dans le bloc opératoire où nous attendaient médecin, anesthésiste et infirmières. Oui, nous étions sûrs de notre décision. Un appareil relié au ventre de Sophie par deux électrodes faisait entendre le cœur de l'enfant. Un staccato léger, rapide.

Sophie accoucha d'une pauvre vie que l'on déroba à notre vue derrière le champ opératoire. Le staccato ralentit. Cessa. Il y eut un silence. Je fus invité à sortir, laissai derrière moi l'aréopage de blouses gantées masquées, et remontai attendre Sophie dans sa chambre.

Elle était épuisée, d'une indescriptible tristesse, et moi, j'avais envie d'être ailleurs. De fermer cette sinistre parenthèse et de renouer le fil avec notre vie d'avant. Je tentai de la réconforter, de la faire sourire avec des anecdotes rapportées de Budapest. Je lui proposai une escapade, Venise, Istanbul ou Barcelone. Je m'étais subitement transformé en agent de voyages stupide et insistant.

Les soins hospitaliers se prolongèrent quelques jours, il fallut rencontrer un psychologue pour *nous aider à faire le deuil du bébé*, puis Sophie rentra à la maison. Je ne savais pas s'il fallait acheter des fleurs ou non. Je m'étais abstenu. Je lui imposai des propos désastreux que je croyais réconfortants, nous aurions quantité d'autres bébés, il ne fallait pas s'arrêter à cet accident. Je n'étais pas allé jusqu'à dire *après la pluie le beau temps*, mais c'était bien la tonalité de mes paroles. Je croyais le plus difficile derrière nous.

Quelques jours plus tard, Sophie sortit dans la rue, entièrement nue, couverte de peinture rouge, en hurlant qu'on lui rende son enfant. Il fallut l'interner en urgence. J'étais épouvanté, impuissant. Elle parut s'apaiser au bout de quelques jours, mais les médecins souhaitaient la garder en observation pour un temps indéterminé. Je pus la voir, lui parler, et ce fut elle qui chercha à me rassurer. Elle était épuisée, mais calme, comme si la violence de la crise l'avait libérée de toutes les douleurs qu'elle portait en elle. J'ai hésité, puis finalement décidé de m'envoler pour le Japon où j'étais attendu pour cette série de récitals et d'enregistrements. J'avais promis de rentrer au plus vite. Cette promesse-là, je l'avais tenue, mais à quoi bon ? À mon arrivée, je ne distinguais plus les contours de ma vie.

Sandro, lui aussi, m'avait tourné le dos. J'avais naïvement espéré qu'il accepterait de m'aider. Je me souviens des mots qu'il m'avait jetés au visage à ce moment-là. Aujourd'hui encore, les larmes me viennent aux yeux en me les rappelant.

Je me faisais l'effet d'une pièce de monnaie lancée en l'air et retombée du mauvais côté, ou d'un funambule déséquilibré par un coup de vent, cherchant par diverses contorsions à garder son équilibre, pour finalement s'écraser au sol. Mais j'étais vivant et je ne savais pas comment tenir les fantômes de lémurien à distance.

J'avais commencé par une résolution que j'avais crue efficace : plus de Schumann. Jamais. Plus une note. Sophie était trop présente dans cette musique qui nous avait, depuis le début, rapprochés. Elle en était trop intime, comme on découvre parfois des mondes en troublante correspondance avec le nôtre, à la façon d'un miroir inversé, et qui épouse très exactement notre reflet, bien au-delà de ce qu'on aurait cru possible.

Et jamais, je crois, je ne l'ai autant aimée que dans ces moments où je la surprenais immergée dans cet univers, intensément attentive, vulnérable. Je réalisais alors combien la musique lui était essentielle, d'une façon charnelle, intuitive, sensible.

Elle avait des rejets, des emballements, des colères, des émerveillements, capable de chercher pendant des heures, parmi les multiples interprétations d'une même pièce, celle qui répondrait enfin à sa perception intérieure.

Quant à moi, la musique de Schumann m'oppressait, je ne pourrais dire autrement. Elle m'était comme une route sans repères, un paysage qui se transforme et s'efface à chaque pas, un pont qui s'effondre sitôt qu'on l'a traversé. D'insoutenables silences, de soudaines dissonances, déchirantes, des répits dont on sait qu'ils précèdent les gouffres. Des explosions de joie naïve et des moments d'une poignante douceur. Je ne pénétrais qu'avec réticence dans ces espaces hantés, incertains, dangereux et sans retour possible. Je demeurais à la lisière de ces lieux dont je devinais la menace, et m'émerveillais de leur beauté. À la différence de Sophie, je voulais rester intact en y pénétrant.

Pour oublier, je m'étais imposé beaucoup de travail. Concerts, enregistrements, vidéos, interviews, master classes. Beaucoup d'avions, beaucoup d'hôtels. Et Bach. J'ai travaillé Bach comme un forcené ces trois dernières années. C'est maintenant la seule musique que j'aie envie de jouer, le seul continent où j'aie le désir de me perdre. Bach, éblouissant et méditatif. Humble et solaire. J'ai travaillé jusqu'à la douleur, l'éblouissement, la crampe. Tout. Les *Goldberg, Le Clavier bien tempéré*, les *Suites anglaises* et *françaises*, les partitas, les concertos, les chorals, les inventions, les transcriptions. Pas un prélude, une fugue ou une toccata qui m'ait échappé.

On m'a trouvé la grâce, la puissance, l'intériorité. Je ne sais pas comment je joue. Je joue, c'est tout. Je suis heureux que cela touche d'autres cœurs. Je n'ai pas, comme beaucoup de musiciens, la mystique du concert. Cela concerne si peu de monde. On écoute la musique partout ailleurs, on télécharge, on copie, on grave, on s'envoie des fichiers, on échange des liens, on les commente, tout cela circule et c'est très bien ainsi. Il est plus difficile d'émouvoir quelqu'un par hasard sur Internet ou à la radio dans sa salle de bains que de séduire une armée d'aficionados conquis d'avance, venus communier à la sainte table du concert.

Le temps a passé ainsi. Et il me faut reconnaître à Cristina, avec ses éclats de voix, ses humeurs italiennes et ses cliquetis de colliers, un réel talent à masquer le silence et à éloigner les ombres. Un jour pourtant la collision a failli se produire.

L'écho d'un souvenir, soudain. Par une nuit sans sommeil, il s'est levé, doucement pour ne pas la réveiller, et il a joué, dans un pianissimo léger comme une absence. Elle l'a entendu. Elle s'est approchée. Il a surpris son reflet dans la laque noire du piano. Il s'est arrêté. Il a rabattu le couvercle ; les cordes ont gémi longtemps.

« Je t'en prie, laisse-moi. »

Elle est restée, immobile. Il a redit les mêmes mots, un peu plus fort.

Le reflet dans la laque a disparu.

Ensemble ils apprennent qu'il y a des larmes sans partage possible, et que rien n'est juste.

XI

Xavier Desmartin, le célèbre critique musical, s'était mis en tête d'écrire un livre sur moi. J'avais d'abord récusé l'idée d'une pure biographie, trop Taj Mahal à mon goût, mais Cristina avait insisté pour que j'accepte ce *projet formidable,* qu'elle voyait comme un juste hommage à mon *immense talent,* et j'avais fini par donner mon accord pour un livre d'entretiens. On ne résiste pas à Cristina, c'est un courant d'air brûlant, impérieux. Et je dois l'avouer, son art de remplir l'espace sonore et visuel me convenait, car je me sentais dispensé d'en faire autant. Je passais pour un taiseux. Un romantique taciturne. Je ne pouvais espérer mieux.

Lorsque Cristina se trouvait à Milan, occupée à superviser la fabrication d'emballages de parfums pour la société qui l'employait, sa présence et l'odeur de son corps me manquaient très vite. Il me semblait qu'un édredon protecteur m'était retiré et je me retrouvais nu, à marcher sur des lames de rasoir. Ces jours-là, j'allais entendre en concert un ami de passage, ou bien je m'enfermais dans un cinéma, avant de vider quelques verres dans un bar bruyant, impatient de finir la nuit auprès d'un corps anonyme et accueillant.

Xavier Desmartin m'avait interrogé, enregistré pendant de longues heures, et il avait retranscrit l'ensemble avec talent, en donnant vie au magma verbal que je lui avais livré. Restait à trouver un titre *accrocheur*, pour répondre au souhait de l'éditeur, et une photo pour la couverture. J'avais refusé le portrait en noir et blanc de l'artiste au clavier, ténébreux et habité, dans la pure esthétique du studio Harcourt ; il fallait trouver autre chose.

Cristina l'avait invité un soir à venir goûter son risotto aux asperges, auquel rien ni personne ne résiste non plus. Elle avait installé les assiettes sur la table basse du salon, entre les piles de magazines et les partitions, lorsque le journaliste a remarqué une toile accrochée au mur. Il l'a longuement fixée, comme saisi. « J'ai trouvé, pour la couverture. Vous, devant ce tableau. C'est tellement proche de votre univers, c'est troublant. Magnifique. Quel lyrisme, quelles couleurs ! Qui a peint ça ? » Il s'était levé, excité. J'étais pris de court. Acculé. Ma fourchette de risotto est restée un instant suspendue dans l'air avant de retourner à l'assiette. « Désolé, mais je n'y tiens pas. » Détaché, il fallait paraître détaché, alors que je perdais pied. Les toiles de Sophie m'avaient accompagné chez Cristina, je n'imaginais pas vivre sans, mais je ne les voyais plus.

Cristina s'échauffait aussi, excellente idée, mais oui, bien sûr, comment ne pas y avoir pensé plus tôt ? Xavier s'engouffrait dans le courant d'air brûlant. « Oui, quelle énergie, quel geste... Qui est cet artiste ? » Un mot de plus et c'était la noyade. J'ai menti, comme d'habitude. « Je ne sais pas, un ami m'a laissé ces toiles en échange de l'argent qu'il me devait. Elles me plaisaient, j'ai accepté, je n'en sais pas plus. Mais pour la photo, c'est non. N'insistez pas. » J'ai rempli les verres, proposé une autre bouteille. J'ai même tenté de sourire. Cristina a jeté un regard perplexe sur mon risotto refroidi, puis elle a débarrassé. Très vite, elle a amorcé un nouveau sujet de conversation et elle est revenue avec le dessert. J'étais sauvé. Le troisième reniement de saint Pierre m'avait été épargné.

C'était mal la connaître. Elle m'en a reparlé quelques jours plus tard, bien sûr. Pourquoi m'étais-je montré odieux avec un garçon aussi charmant, tout disposé à œuvrer à ma gloire ? Le livre s'annonçait *passionnant*, riche de réflexions *profondes* sur la musique, agrémenté de souvenirs et d'anecdotes *savoureuses* ; fallait-il faire une telle histoire pour un malheureux tableau ?

Je préférai ne pas répondre et haussai les épaules. Je me fichais de ce livre avec son sempiternel cahier de photos en noir et blanc inséré au milieu : l'artiste à trois ans, premières leçons, à neuf ans, premier concert, l'artiste à la remise des prix du Concours Reine Élisabeth et du Van Cliburn, un doublé jamais vu.

On m'y voyait aussi lors du Concours Tchaïkovski à Moscou, j'avais reçu le deuxième prix et l'un des membres du jury avait quitté la salle avec fracas en criant à l'injustice majeure ; à cela venaient s'ajouter les photos de l'artiste entouré d'amis, échangeant avec des admirateurs après le concert, concentré avant d'entrer en scène, l'artiste en professeur exigeant et attentif, ou encore en vacances, au ski ou à la mer...

Sur la plupart des photos, Cristina est à mes côtés, en muse inspiratrice et décolletée. Cristina, ses jambes, son feu. C'est elle qui avait réuni et choisi les photos. Bien sûr, on n'y voyait nulle part Sophie. Elle en ignorait l'existence. C'est pourquoi ce livre est un mensonge. J'ai menti à tous et à moi-même. Cela ne pouvait durer éternellement.

Sophie était sous le piano. Enfin ses photos, ses lettres, et quelques fragments d'écriture. Oui, sous le piano, dans une grande enveloppe de papier kraft, solidement fixée sous la caisse de l'instrument avec du scotch de déménageur. Elle est ainsi toujours auprès de moi. Peut-être est-ce pour cette raison que je passe de plus en plus de temps à mon Steinway.

Dans l'enveloppe se trouvent des pages manuscrites que je connais par cœur. Sophie avait commencé à rassembler des notes pour écrire sur les années d'internement de Schumann et sur son épouse Clara.

C'était son habitude d'écrire quantité de choses sur des morceaux de papier épars, sur des pages de carnets, des enveloppes ou des tickets de caisse. J'en trouvais dans des livres, glissés en marque-page, à la cuisine, sur la table de nuit, dans la salle de bains. Tout cela irriguait son travail, de façon mystérieuse et souterraine, en appelant des images, des histoires, des couleurs qu'elle jetait à larges gestes sur des toiles plus grandes qu'elle. J'étais fasciné par toutes ces forces qu'elle mettait en jeu en peignant.

Lorsqu'elle veillait tard sur un travail en cours, il n'était pas rare qu'elle s'endorme à même le sol, épuisée, un coussin sous la tête et un simple plaid sur les épaules, les pinceaux à la main. Inquiet de ne pas sentir sa présence dans le lit, je me réveillais au milieu de la nuit et posais sur elle une couverture supplémentaire. Au matin, je lui apportais un café qu'elle avalait dans un demi-sommeil avant de m'inviter à la rejoindre au creux de son abri, dans les effluves de peinture et de térébenthine. Moments enchantés. Sophie. Ma Shéhérazade. Mille nuits, mille ans de conte dans sa voix.

Clara. L'énigme. C'est elle qui intéressait Sophie. Quels échos son histoire réveillait-elle au plus profond d'elle-même, pour ainsi affleurer à la surface et venir sans cesse la tourmenter ? Une question, en particulier, la hantait. Pourquoi Clara, l'amoureuse absolue, n'était-elle jamais venue voir Robert au fond de son asile, si ce n'est à la veille de sa mort ?

Un jour, elle a écrit, au milieu d'une page de notes, la lettre que Clara n'a jamais envoyée à Robert.

Nous sommes le 27 juillet 1856, à Düsseldorf, chez Clara Schumann.

Robert est interné depuis vingt-neuf mois à l'asile d'Endenich, près de Bonn, à la suite de sa tentative de suicide de février 1854.

Il est âgé de quarante-six ans, Clara de trente-sept. Lorsqu'elle l'a rencontré pour la première fois, elle avait neuf ans. Clara, l'enfant prodige, et l'une des plus grandes virtuoses de son temps.

Elle ne l'a pas revu depuis qu'il est là-bas, enfermé dans sa folie, ses hallucinations, sa douleur.

Elle a enchaîné les tournées depuis l'internement de Robert, jusqu'en Hongrie, en Angleterre, en Russie, jouant avec ferveur les compositions de son mari, et contrainte de subvenir aux besoins des sept enfants vivants du couple, sur les huit qui leur sont nés. Robert ne connaît pas leur dernier-né. Elle était enceinte lors de sa tentative de suicide.

C'est la fin. Il ne s'alimente plus. Il ne désire que quitter ce monde, qu'il habite si peu, depuis si longtemps. Les eaux glacées du Rhin n'ont pas voulu de lui, ce jour déjà lointain de carnaval où les bateliers l'ont ramené à la rive. Le lendemain, il demandait à être éloigné de sa famille, redoutant une crise où il perdrait tout contrôle de lui-même. Il s'est fait conduire à Endenich, pour n'en jamais revenir. Là-bas, ce sera la prostration, l'hébétude. On le soigne avec des bains glacés.

Il a demandé à revoir Clara, puis il est entré en agonie. C'est Johannes Brahms, l'ami du couple, l'amoureux éperdu de Clara, qui l'a prévenue. Elle était en tournée en Angleterre. Aussi vite que possible, elle est venue.

Depuis ces vingt-neuf mois d'internement, elle ne l'a pas revu. Elle n'a pas cherché à contourner l'avis médical qui lui conseillait de ne pas déranger le fragile repos de son mari et elle a attendu presque un an avant d'écrire au directeur de l'asile.

Vingt-neuf mois. Combien de jours, combien d'heures ?

Elle ne vit plus que pour l'œuvre de Robert, comme s'il était infiniment plus vivant dans ses compositions que dans sa chambre close de mort-vivant.

Tôt demain matin, elle va se rendre à Endenich. Dans sa chambre, son bagage est prêt. À côté, les enfants dorment. Elle se prépare à cette rencontre, à leur ultime séparation. Peut-être savait-elle qu'elle ne pouvait accepter de le voir dans son égarement, risquant d'être à son tour saisie dans le sillage du désespoir et de la folie. Comment accepter que l'être aimé ne soit plus que l'ombre de celui qu'il fut ?

Elle se devait de continuer à vivre pour ses enfants, à jouer, car l'argent manque, et aussi à vivre pour la musique de Robert.

Et Brahms ? Qui est-il ? L'ami, le consolateur, le nouvel et dernier amour ?

Peur de chuter, de ne plus se relever ? Peur d'être confrontée au spectre de l'homme qu'elle a aimé plus que tout ? Ou phénoménal instinct de survie, après tant de bonheurs et tant de jours terrifiants ?

Ce soir, la voix de Clara se pose dans la nuit, auprès de la lumière qui éclaire son cahier sur la table de sa chambre. Elle est assise devant la fenêtre ouverte pour respirer l'air du soir, dans cette chaleur étouffante de juillet.

Elle vient de quitter le piano où elle a joué pour elle-même ces Fantasiestücke *qui l'ont toujours tant émue : du soir, aspiration, pourquoi, chimères, dans la nuit, la fin du chant...*

Elle écrit à Robert. Elle lui écrit des mots qu'il ne lira pas.

Peut-être cette lettre-ci :

« Mon amour,

Je savais que ce moment viendrait, je l'ai évité aussi longtemps que j'ai pu. Demain, nos deux souffrances vont se rencontrer, depuis le temps que je t'ai perdu, que je te cherche au cœur des notes, et bien après qu'elles se sont tues.

Je ne peux pas dormir. Je n'ai pas sommeil, le lit est glacé. Il l'est depuis tant de nuits. Et j'ai peur depuis tout ce temps. Le piano me réchauffe, me console, je m'en écarte le moins possible, tu vois, et tu y es auprès de moi. J'oublie alors que j'ai froid et que j'ai peur.

Robert, pourras-tu me pardonner ? Pardonner mon absence, mon trop grand silence ? Je sais que tu m'aimes assez pour cela, et je ne sais plus si j'en suis digne.

Ne me juge pas. Mon propre regard sur moi-même est plus terrible que tu ne peux l'imaginer. Je suis terrifiée parce que je vais te perdre. Encore une fois, et une dernière fois. Je ne sais pas encore l'accepter.

J'ai voulu croire que tu allais guérir, que tu allais revenir ici, que tu embrasserais à nouveau les enfants, et découvrirais Félix, notre dernier-né que tu ne connais pas. Jamais il ne connaîtra le visage de son père maintenant. J'ai voulu croire que tu t'assiérais à nouveau au

piano et que tu jouerais pour moi. J'ai continué à rêver pour vivre, pour te retrouver. Demain ce rêve va m'être enlevé.
Je suis seule, je suis nue et j'ai mal. Tu souffres bien davantage, je le sais. Maintenant que la paix va t'être enfin accordée, je ne devrais pas tant gémir. Ce soir, je cède à la douleur. J'ai tant dû résister. Chaque jour, une nouvelle lutte avec ma peur et je crains qu'un jour celle-ci triomphe de mes forces.
Mais était-ce encore ta vie, cette agonie de chaque jour qui va prendre fin ? Où es-tu, si loin de ce que tu as été ? Je n'ai pas eu la force ni le cœur de te voir ainsi. Pardonne-moi ma faiblesse.
Comme je voudrais être à la fin de cette nuit.
À cet instant, vois-tu, une seule question me hante et me glace. Allons-nous seulement nous reconnaître, mon amour ? »

Clara s'est arrêtée ici. Elle n'a plus de mots pour dire la nuit.

XII

« François ». Trois ans sans prononcer un mot. Puis elle a dit « François ». Je ne sais pas combien de jours, de semaines se sont écoulés. Je n'ai pas voulu compter. Le temps n'existe plus. Sophie. Ma Giuletta.

Les notes de Sophie me poursuivent. *Robert, très faible, mourant, a revu et reconnu Clara, une dernière fois, avec beaucoup d'émotion. « Il me sourit, écrit-elle dans son journal, et d'un grand effort m'enserra d'un de ses bras. Et je ne donnerai pas cette étreinte pour tous les trésors du monde... »*

Robert s'est éteint deux jours plus tard. Seul. Clara n'était pas auprès de lui. Accompagnée par Brahms, elle était allée accueillir le violoniste Joachim, accouru pour revoir son ami une dernière fois.

Et cette phrase qui m'obsède et me brûle. Elle resurgit dès que je ferme les yeux. Il n'y a plus de paix possible désormais. Le charme jeté par Cristina a cessé d'agir et je me réveille seul, en face de tout ce que j'ai cru pouvoir oublier. *Allons-nous seulement nous reconnaître, mon amour ?*

Pendant ces longues journées à Valmezan, une décision s'était imposée. Rester, quoi qu'il arrive.

En circulant en voiture dans la région, j'avais vu de nombreuses maisons ou fermes à vendre. J'en avais parlé à Philippe, qui avait enfin cessé de me regarder avec suspicion. Je lui avais demandé s'il connaissait quelque chose à louer ou à acheter. Il m'avait alors signalé une propriété en vente, jouxtant le pré d'un parent à lui, et m'y avait conduit.

Sur place, je notai le numéro de téléphone de l'agence et j'appelai. Oui, c'était toujours à vendre, oui, je pouvais visiter. J'ai demandé à Philippe de m'accompagner et nous avons découvert les pièces d'une ancienne bergerie. L'ensemble était dans un état acceptable, avec une pièce ensoleillée ouverte sur les champs, prolongée par une terrasse. C'était l'emplacement parfait pour le Steinway, et même pour une demi-douzaine de pianos à queue. À l'étage, trois chambres et un couloir peint à la chaux. J'aurais tout le temps de choisir celle où je dormirais.

L'agent immobilier se montra presque surpris de cette perspective inespérée de vente, « vous verrez, vous ne le regretterez pas ». Je ne sais pas ce qui lui permettait de l'affirmer, mais peu m'importait. Il allait contacter le propriétaire et préparer le contrat au plus vite ; il pouvait aussi me proposer une femme de ménage et des artisans pour les travaux que je souhaiterais entreprendre. Avais-je l'intention de m'installer définitivement dans la région ? Je n'en avais aucune idée, mais je souhaitais emménager très vite.

J'avais par ailleurs épuisé les charmes de l'hôtel des Pyrénées et de la carte de La Tosca, où il devenait de plus en plus difficile de se soustraire aux avances de Floriane, dont j'avais, il y a peu, découvert le numéro de mobile au bas d'une addition.

Philippe m'invita à dîner chez eux pour fêter cette décision, j'acceptai avec joie. J'aurais aimé jouer ce soir-là. Enfin, j'osai lui poser une question qui, stupidement, m'obsédait, comme une désespérante résurgence de cette jalousie qui avait tant pesé dans ma vie avec Sophie. D'où venait ce pull d'homme qu'elle portait en permanence ? Il m'apprit que c'était un de ses vêtements, il l'avait prêté à Sophie un jour où elle avait froid, et le lui avait laissé.

Ma question l'amena à évoquer un sujet qui lui tenait à cœur et dont il n'avait pas encore osé me parler : la somme d'argent dérisoire laissée par sa famille à sa disposition. Nombre de ses vêtements, de ses affaires personnelles provenaient de la générosité de Cécile ou des infirmières.

Il m'expliqua que son frère, qui avait pris la décision de cet internement, avait fait placer ses comptes sous sa propre tutelle. La succession de leurs parents avait doté Sophie d'un certain capital et il avait prétendu la protéger d'elle-même, se limitant à faire prélever chaque mois le strict montant que réclamait la clinique. La somme restant disponible pour son entretien était infime, et sans l'intervention des uns et des autres, Sophie aurait manqué du nécessaire. À cet aveu, je pense avoir éprouvé la honte, la peine et la colère de ma vie.

Quelques jours après la visite de la bergerie, j'entreprenais l'exploration des grandes surfaces de bricolage et des hypermarchés locaux en prévision de mon installation.

Lentement, enfin, ma vie émergeait de la zone de turbulences dans laquelle elle était entrée. Je n'en étais pas absolument certain, mais je préférais le croire. Les visites quotidiennes à Sophie ponctuaient mes journées, je passais auprès d'elle tout le temps possible, puis faisais quelques courses à son intention : des livres, des vêtements, des objets inutiles, des fruits... Elle m'écoutait, paraissant attentive, mais les mots ne lui étaient pas revenus. Je l'accompagnais ensuite dans le parc, troublé de sentir son bras appuyé au mien. Je ne savais pas quoi penser.

C'est sur le parking du centre commercial, en descendant de voiture, que la révélation s'est produite. J'en suis resté interdit, la clé de contact à la main, au milieu des voitures impatientes, klaxonnant pour que je m'écarte. Une immense affiche proposait des séjours de rêve aux Antilles pour des sommes dérisoires, tout compris et à volonté.

Derrière un couple hilare en maillot de bain et collier de fleurs, une plage turquoise et un long voilier blanc. Décharge électrique. Vienne. Sophie Laroche sur Google. L'homonyme dans les Caraïbes. Le bateau et l'appartement à Fort-de-France. Guillaume. L'héritage sous tutelle.

J'ai aussitôt relancé la recherche sur mon téléphone et appelé à Fort-de-France l'agence gestionnaire indiquée sous la photo de l'appartement. Non, il n'était pas possible d'entrer en contact avec Mademoiselle Laroche. Souffrante depuis plusieurs années, elle n'était jamais venue et avait délégué la gestion de ses affaires à son frère. Il venait plusieurs fois par an, seul ou avec des amis. Le reste du temps, le *Louisiana*, ainsi que l'appartement avec vue sur la marina, étaient loués par leur intermédiaire. Avais-je vu les photos sur le site de l'agence ? À quelle date aimerais-je venir ?

Impossible de dormir, bien sûr. J'étais arrivé chez Philippe très tôt le matin, je n'avais pas osé le déranger la veille pendant son travail. Dans ces moments-là, j'aurais voulu les bruits de la ville, des bars, des lumières, et quelques-unes de ces fugitives fraternités nocturnes, avec assez d'alcool pour mettre un peu de distance entre le réel et soi. On ne trouve rien de tout cela à Valmezan. À la sortie du bourg, c'est la montagne, avec la toile du ciel tendue au-dessus de la tête, et les étoiles à vif. Les messages de Cristina me poursuivaient crescendo. Elle était sortie de ma vie, j'espérais qu'elle le comprendrait seule. Puis l'aurore a daigné paraître, j'ai sauté dans ma voiture.

Hors de moi, tremblant d'énervement, j'ai fait part à Philippe et à Cécile de ma découverte. J'ai dû aussi leur parler de mes relations tendues avec Guillaume Laroche, ce garçon qui parle une langue étrange, étrangère, saupoudrée de mots à péremption rapide. Il aime affirmer que ses clients sont ses amis, et ses amis, ses clients. Je ne suis quant à moi ni son client ni son ami. Il m'a un jour proposé, à l'occasion d'un *call*, et contre quelques dizaines de milliers d'euros, un plan de *personal coaching* pour *booster* mon *capital image* et devenir mon *community manager*. Ce qui comptait, à l'entendre, c'est de *générer* du *clic* et de faire du *buzz*. Pour le moment, je crois que je vais lui générer quelques problèmes dentaires. Je vais aller lui casser la gueule.

XIII

J'ai besoin de Sophie. Ma Scarlett. Mon indéchiffrable amour. C'est la seule certitude avec laquelle je vis aujourd'hui. J'ignore si nous sommes souvent confrontés à d'aussi violentes évidences au cours de nos existences. Je n'en ai pourtant rencontré qu'une autre, il y a longtemps. Elle a dirigé ma vie.

J'ai joué pour être aimé. J'ai joué pour être écouté, regardé. J'ai joué pour exister. J'ai joué pour que ma mère me remarque, qu'elle m'aime un peu. Je ne suis pas arrivé au bon moment dans sa vie, longtemps après mes trois sœurs. J'aurais pu être un petit dernier adulé, un premier garçon tant attendu, mais les choses ne se sont pas passées ainsi. Je suis arrivé trop tard. Après des grossesses rapprochées, ma mère avait repris ses activités, retrouvé une vie rien qu'à elle. Je n'avais pas été désiré, je dérangeais ses envies et imposais une présence masculine dans ce gynécée harmonieux dont je déplaçais involontairement les contours. Avec mes sœurs, elles constituaient une figure féminine unique, shivesque et protéiforme. Et peut-être sa capacité d'aimer était-elle épuisée.

Lorsque mes sœurs voulaient sortir ou aller se distraire à la ville voisine, c'était pour moi l'heure de la sieste ou celle du coucher. Les contretemps, toujours. Trois adolescentes trop occupées d'elles-mêmes pour s'attendrir d'un gamin qui ralentissait le cours de leurs désirs. J'ai passé beaucoup de temps devant la télévision en compagnie de baby-sitters souriantes et distraites, et je ne crois pas que l'avis de mon père ait jamais compté pour beaucoup.

Quand, à l'âge de trois ans, j'ai reproduit sans me tromper d'une note une comptine sur le piano désaccordé de la salle de spectacle de l'école maternelle et que la directrice de l'école l'a appelée le soir même, ma mère a commencé à me regarder. À s'interroger, disons. Allais-je déranger un peu plus, ou un peu moins, désormais ? Faudrait-il me trimballer chez des professeurs, payer des cours, acheter un piano, me consacrer du temps ? Faudrait-il commencer à m'entendre ?

Elle a fait ce qu'il fallait, je dois le reconnaître. Elle a trouvé un professeur et acheté un piano électronique sur lequel je pouvais travailler au casque sans importuner qui que ce soit. J'ai vite compris comment le faire fonctionner. J'y passais des heures, à improviser, reproduire des mélodies entendues, essayer des accords, à mettre mes humeurs en musique.

Lorsqu'un morceau était prêt, avant un examen, une audition, je jouais alors sans casque, *pour de vrai*. Je voulais que ma mère m'entende, qu'elle me dise que je jouais merveilleusement, et qu'elle m'aimait.

Je lui ai un jour demandé quelle était sa chanson préférée, pour la lui jouer ; elle s'est contentée de hausser les épaules. J'ai alors réalisé à quel point la musique était étrangère à sa vie, à quel point j'étais étranger à sa vie, et je n'avais rien d'autre pour tenter de lui plaire.

Le matin, avant de partir au collège, je jouais une heure. Je quittais les draps et cherchais un autre lieu où me blottir. Je me faufilais entre les notes, je n'avais plus froid. Le piano m'attendait à quelques dizaines de centimètres de mon lit, je glissais de l'un à l'autre. Le minuscule voyant rouge au-dessus des touches s'allumait, signal familier qui ouvrait la porte aux sons et aux songes qu'ils apportent. J'étais prince en mon royaume et vivais là mes heures les plus heureuses. Il fallait ensuite s'habiller, déjeuner, courir pour ne pas manquer le car scolaire. Ma mère gardait ses gestes de douceur pour mes sœurs, remettait en place une mèche de cheveux, une barrette, défroissait un vêtement. Je n'avais droit à rien. « Dépêche-toi. Toujours le dernier. Qu'est-ce que tu fiches encore ? »

J'ai joué pour avoir chaud. Pour ne plus être toujours le dernier. Pour guérir d'une attente sans fin. J'ai joué en espérant un geste. J'ai joué parce que j'étais malheureux. Dès que cela m'a été possible, lorsque j'ai quitté la maison, je n'ai plus jamais posé un casque sur mes oreilles. Phobie. Eczémas, otites, acouphènes. J'ai joué sur des pianos loués à l'heure dans des salles de répétition glaciales et mal éclairées, j'ai fait des démonstrations dans des magasins de musique le samedi, joué le soir dans des bars en échange de quelques heures de tranquillité l'après-midi.

J'ai accompagné des chorales et des cours de danse classique, à seriner jusqu'à l'écœurement la troisième étude de Chopin et l'*Impromptu hongrois* de Schubert pour des adolescentes aux cheveux tirés, gainées de polyester rose. Dès que j'ai eu un peu d'argent, j'ai fait insonoriser une pièce rue Lagrange. La seule vue d'un piano électronique me met hors de moi. Je joue pour être entendu. Je joue pour être aimé.

Partout où cela était possible, j'ai joué. J'ai cru apporter la beauté, l'émotion, la joie, la paix. J'ai cru être un passeur, sincère et désarmé, et offrir tout l'amour dont j'étais capable. Enchanteur et démiurge, servant et officiant. Illusion ! Aujourd'hui, je n'ai que mon bras à offrir à une jeune femme rompue pour accompagner sa promenade quotidienne au fond du parc d'un asile. Et c'est la seule chose qui ait un peu de sens pour moi désormais.

Avec Sophie, j'ai tout reçu, et tout perdu. Je me suis cru invincible. Je nous ai crus invincibles. Jamais je n'ai été aussi désarmé qu'aujourd'hui, ni plus serein peut-être. Je veux jouer pour la guérir. Pour inverser le cours du torrent.

Il va falloir aménager cette baraque maintenant. Faire mes cartons chez Cristina, emballer mes tableaux et faire descendre le Steinway par la fenêtre. Il y aura des cris et des larmes, je n'en suis pas très fier mais les choses vont ainsi. Nous sommes tous pris dans nos parties d'échecs solitaires.

Hier, pour la première fois depuis mon départ, j'ai eu envie de jouer. Pas seulement dans ma tête, ou en feuilletant une partition. Envie de jouer avec les doigts, les bras, avec le souffle qui s'applique à suivre chaque phrase. Mes doigts ont recommencé à chercher quelque chose. J'aurais aimé jouer pour Philippe, lui faire la surprise d'un récital pour lui seul. Je n'ai rien de mieux à offrir, car j'y mets toute mon âme, du moins ce qu'il en reste.

Je ne sais pas si je jouerai encore en public, mais je dois continuer à jouer. J'en suis certain. Qu'as-tu fait de ton talent ? J'ai joué, Seigneur, j'ai joué. Je voudrais aussi pouvoir répondre que j'ai aimé, et au-delà de moi-même, lorsque la question me sera posée, le jour de la pesée des âmes.

Peut-être vais-je poursuivre une partie de mon activité ici. Accueillir des élèves en résidence, organiser des cours d'été, pourquoi pas des concerts, un festival ? Je pourrais installer un studio d'enregistrement et faire venir les techniciens. Je vais enfin pouvoir travailler au calme.

Mais peut-être suis-je encore en train de poursuivre des chimères. Si Sophie accepte un jour de venir vivre ici, ce que j'ignore aujourd'hui, je sais que je ne pourrai pas la quitter un seul instant, sauf à vivre avec la hantise de la retrouver pendue ou défenestrée.

Je vais devoir apprendre la patience. Peut-être ne voudra-t-elle plus jamais de moi au creux de son corps, et je ne sais pas ce que je ferai de mon désir d'elle. Peut-être va-t-elle revenir à la vie, peindre, rire à nouveau, et peut-être allons-nous être heureux. Et que faire si un jour je ne supporte plus cette nouvelle vie ?

Il me vient à l'instant un souvenir, le seul vrai souvenir heureux de mon enfance. C'est l'été. Les vacances, notre unique transhumance de l'année. Une longère entourée d'hortensias, à quelques centaines de mètres de l'océan. Terres bocageuses, avec leurs étiers pleins d'eau, d'où s'échappent des vols de libellules rouges. Au matin, les hérons gris à la démarche raide, hésitante. Au bord du chemin, un calvaire en pierre recouvert de lichen et de mousse, avec son Christ aux traits assourdis par le temps. Un sentier conduit à la mer par des marches étroites taillées dans la roche, à demi recouvertes de bruyère. Dès que je le pouvais, j'échappais à la surveillance de mes sœurs, qui ne semblaient pas en concevoir beaucoup d'émotion.

Me voici dans l'eau. Les mouettes au ventre blanc se laissent porter par les thermiques du soir. Allongé sur le dos, bras et jambes écartés, je remue doucement les membres pour me stabiliser et me propulser en arrière. Le courant léger caresse mes épaules, mon dos et mes jambes. Au-dessus de moi, le soleil et le lent mouvement des nuages, l'océan sous mes reins. C'est ce que j'appelle en secret la nage de l'étoile de mer. C'est un moment miraculeux. Je voudrais demeurer ainsi avec Sophie dans cette sensation retrouvée, sa main dans la mienne, ensemble portés par les vagues de nos existences, l'écorce de nos peurs rompue. J'ai toute la vie pour y arriver.

10112

Composition
NORD COMPO

Achevé d'imprimer en Espagne
par BLACKPRINT CPI IBERICA
le 26 avril 2016.

1er dépôt légal dans la collection: février 2013
EAN 9782290059920
OTP L21EPLN001375C006

ÉDITIONS J'AI LU
87, quai Panhard-et-Levassor, 75013 Paris

Diffusion France et étranger : Flammarion